求是文摘

黃三 著

「求是齋」是我們這一支的堂號，
也就是書名「求是文摘」的由來。

自　序

　　我的第一本「自選集」「愛神木」（Love Tree 2005年5月1日在濟南出版）是從許多材料中選錄的。共分「思源」、「念舊」、「感懷」、「遊蹤」、「事件」、「書信」六個篇章。

　　一、思源是寫祖宗和父母。

　　二、念舊是寫親屬故舊（人物），包括我的外祖母、黃家各院親長、我的師長、朋友……

　　三、感懷是選錄一些舊作散文。

　　四、遊蹤是遊記，只能選幾篇重要的。

　　五、事件是選幾個單元事件各別敘述。

　　六、書信是這一些來往信件：有早年的家信，寫給母親、弟妹、晚輩及親友的信件，也有他們的來信，都是挑選有代表性的。

求是文摘

選稿時已經盡量避開敏感話題，但許多地方還是被刪改，這是大陸上一般常情。這本書印刷、美術設計大體上都還可以，山東文藝出版社的諸君、尤其是責任編輯馬兵博士，很費心思要把書印好，在此向他們致謝。

　　「求是文摘」將在臺北出版，沒有太多設限，可以暢所欲言；但也沒有順口胡說，都是肺腑之言。

　　在編輯中回顧這些文章時、想到自己讀過的別人的佳作，常覺得不好意思；再想到那些大師級的人物像胡思之、林語堂、錢鍾書、余英時等。他們治學的文章、他們信手的小品，相對而言，我寫的「項羽和劉邦」豈不是瞎子摸象、癡人說夢嗎？非也，大學者寫大塊文章，名作家寫優美的作品，小市民寫他的「心聲」；充實他的晚景，記錄他的行蹤；敝帚自珍，豈在乎誰說什麼！

遊　記

克羅埃西亞之旅

--Croatie (12-19/06/2006)

中歐地區景色秀麗，尚未污染，這次抓住機會參加了八天旅遊。小時候讀地理，老師說巴爾幹半島是歐洲火藥庫：二戰前不久波斯尼亞（Bosnie）的王子訪鄰近的蒙特哥瑞（Montenegro）被暗殺而導致世界大戰，就是這裡。

籠統地說這一帶先接受希臘洗禮（BC 400），羅馬人來到（BC 100）又受他們的教化，七世紀以後回教勢力入侵（AC 700-1200），十字軍東征（1100-1300）歐洲人再將阿拉伯人趕走。二戰結束狄托（Tito[1]大陸譯作鐵托）把這個區域統一，成立南斯拉夫共和國，1995年南國解體，分成八個政治實體，我們第一個參觀的就是克羅埃西亞（Croatie）。

Croatie 面積56,500平方公里，人口四百多萬，聯合國會員，經濟發達，人民富裕，從地面的建築、人民的衣著用具（如汽車大都是光亮新款的）、旅遊的組織（旅館飯店、交通），都顯示出他們的生活水平。

Dubrovnik 是海邊的文化城，有許多聯合國列堡的古跡。在這裡我們享用了非常精緻的海鮮餐：魷魚、大蝦、小沙丁，用

---

[1] Tito Josip，軍閥和政治家1948年與史大林鬧翻走出國際共產陣營成為不結盟國家的領袖。

求是文摘

他們傳統的方法烹調（多半是鐵鍋烤），喝他們的啤酒，一頓吃下來 55 kn（約合 7 歐元）。

14/06參加波斯尼亞（Bosnie）的旅遊，乘巴士一早出發，沿途風景幽美、Mostar（Croatie境內）尤其漂亮。1995 年的戰爭在這裡留下慘重的創傷，到處殘垣斷壁。當時我們在比國看電視新聞，每天都看到戰爭慘況，聽到 Sarajevo 戰地記者的報導。軍閥頭子 Milosevic[2] 殺了上百萬人，戰後國際法庭把他抓來審判，以滅種罪判處無期徒刑，最近死在牢獄。這個國家慘遭蹂躪，遠較 Croatie 落後，但自然風景還是非常幽美。

15/06 參加「馬可波羅故鄉遊」乘坐馬可波羅號遊船，從旅館門前的碼頭登上 Bateau de Croisiere Marco Polo，頂頭遇見昨天的導遊 Maria，她為人熱誠、解說詳盡，臨別無人張羅小費，

心中歉然，這天重逢正巧帶著一包香煙和打火機就順手送她（有備而來），令她喜出望外。

馬可波羅[3]的家族是威尼斯來的商人，馬可在這裡（Kacula）

2　Milosevic Slobodan 1990 Serbie共和國總統。
3　Polo Marco 1254-1324，既然他祖籍威尼斯又經常在那裏活動、一般都說他是義大利人。

出生，至今他的族人仍散居附近。1271 年他從威尼斯出發走遍了亞洲各地、從蒙古進入中國，在元世祖忽必烈宮廷呆了十六年，晚年回到威尼斯講述他的旅行見聞，別人記錄整理成書就是有名的「馬可波羅遊記」（法譯 Le livre des merveilles du monde），他成為最偉大的旅行家和遊記的作者。臨終告解神父問他「你遊記中的那些事都是真的嗎？」他回答「百分之九十都不是」（導遊如是說）。

馬可故居有個天主教堂，大門嵌上方左右各有男女裸露性器的石雕一對，造型別緻；教堂大門神聖之地有這樣的雕塑前

所未見，可算早期的春宮文化（Ponographie）。

Kacula 海濱，海水澄清，曉明和榮錦脫鞋泡腳，水清見底。

再說我們的旅館 Lapad 雖然只有三星，但是新建、臥室寬敞、伙食上等、名師主廚，早餐水果豐盛、各種飲食應有盡有，晚餐湯及沙拉外主菜幾種任選送上。游泳池設備好，中午池邊速食吧經濟細緻，晚會節目在此上演。

八天轉瞬而過 19/06 下午回程，兩個多小時的飛行中間還睡一個小時，平安順利回到比京，一出機場、榮錦的女婿已等在那裏，我們是第一站十分鐘回到家中，旅行最美好的時刻是平安回到家！

求是文摘

土耳其及希臘的古城

（23-30/4/2005）

　　土耳其橫跨歐亞，從紀元前3,500多年、這一帶便發展成為歐亞接界的工商及文化中心。高架索（Caucase）人、巴爾幹（Balkan）半島的人、波斯（Perse）人相繼入侵，直到希臘人掌控全境。再經過羅馬人的長期佔領，到十世紀以後回教勢力擡頭，十三世紀奧圖曼（Ottomane）帝國建立，回教世界在此奠基[4]。現代化的國家是凱莫爾將軍（Mustafa Kemal Ataturk）所締造（1923），他成為全國愛戴的國父。土耳其是北大西洋公約的成員，美軍重要基地，經濟上受到美元的利益。至於他們的國旗有點像鐮刀釜頭滿地紅共產國家的旗幟，我曾問過導遊，他說「那不是鐮刀、是月亮和星星，紅色是念建國戰爭中的一場重要戰役殉難烈士的鮮血，與列寧毫無關係」。

　　在這樣一個多元文化衝突激盪的地區、又在黑海和地中海的懷抱之中，氣候、山川，從和煦到酷暑嚴寒，孕育了豐富的文化遺產。到處是古跡，往往是古跡重疊，希臘人把高架索人的石廟改造成他們的聖堂；羅馬人又把希臘人的聖堂改建成他們的大殿。

---

[4]　參考法國地理百科全書 Le Million

可是你要想走出去看看，那得參加到各地去的旅行團，另外付帳；但頭一天的尹茲密爾（Izimir）城市半日遊還是旅館提供的。此外我們參加了兩項遊覽都非常精彩。

第一天的文化古跡遊，一早六點早餐後出發，主要的是看艾非司（Ephese）古跡。這個廢墟最早在紀元前兩千多年前開始建構，是由黑海邊上野蠻部落亞馬遜人Amazones[5] 開創的。此後隨著朝代的變遷留下各時代的建築遺址。

第二個旅遊是兩天，其中一夜住五星級溫泉旅館。一路也看些古跡，但最精彩的有三件：其一是飯店前有座小山，頂上噴出熱水，周圍是個大圓池；人進去泡在溫泉裡，越靠中心越熱、山頂泉水噴出時溫度高達六十度以上。

其二是白碧奇觀Hierapolis。一望無際的白碧曠野，猶如白雪皚皚；又似冰霜覆蓋的

[5] 據說這是個野蠻的女戰士族，生下男嬰都殺掉，只留下少數男人作育種之用，她們把自己的右乳割去以利射箭（法文辭典 Larousse 註釋）。

求是文摘

北極山川。人走在上面如履粗岩，有針刺的感覺，但不冰涼，有水的地方是溫泉；較深的小溪是滾熱的泉水。這種白色結晶的物質是什麼呢？是一種雪白的石灰岩；原來地底的溫泉水（三十至四十度）帶著化學物質從地下冒出，遇到清涼的空氣凝結成這種物質。

其三是古跡溫川 Antique thermal river。一條溫泉的小河，河底是沈沒的古跡，有倒塌的圓柱、巨石、拱門；遊人都換上泳裝泡溫水，我和老伴都習慣游水，又帶了全套裝備，尤其是帶著泳鏡潛入水底觀賞水底古跡，來回潛行，真是未曾經歷的奇妙經驗。

這種旅行團最討厭的是，必定經過許多推銷站，要浪費許多時間。賣皮衣的擺一場時裝表演，然後請你看展品，盯著你磨蹭，總想賣成一件；賣金銀珠寶的請你看工廠製作，看成品，還算自由；賣地毯的最辛苦為你講解原料、製作過程，說得天花亂墜，再帶你去看工廠作業，然後大家圍坐在大客廳，請喝各種飲料，同時展示成品，一件件搬上來攤開。歐洲遊客的口袋都很緊，地毯的價位高，費了這麼大勁卻賣不出一件。

再入寶山——山中瑣事記

(12-18/09/2005)

　　一、鳳西去走絲路（04-25/09/05），衣玄堅持我陪衣藍去法國一聚。我喜歡布魯賽爾的暑假，很不願在這時出外旅行，衣藍早先說：「爸你別勉強自己、遷就別人，不想去就不去」。可是尼古拉走不開，她一個人帶嫣然去帶不了，最後還是請老爸遷就。

　　一切由她安排：訂好的機票 12/9 SN Bxl-Lyn 14h55-16h20，也訂好機場的出租車；一部 Fiat 小車下機後就取車，弄清路線，準時上路。

　　這幾天家中有工人安裝天線、修剪樹木、整理花園。工程完了以後，我花了三天做清潔工作；才剛把屋子內外弄就緒，就到了出發之日。趕緊收拾行李，他們準時來接，幸而忘了孩子的藥，尼古拉回家取藥；我得以再檢查一遍各種情況，唯一不放心的是那廿九袋樹枝，明天的垃圾車會不會拿走？

　　尼古拉來去如風，行李裝好正要發動，對面兩位老人在樓上窗口搖手，老頭笑容可掬，氣色不壞，前兩天老太說他不行了，大約沒幾天好活了，我才表示希望出發前再看看他，大概又從鬼關拉回來了，比利時的醫療真有一套。

求是文摘

十分鐘進機場，接著排隊辦手續，出境關口與尼古再見，他們三個難分難捨。安全檢查解下皮帶順利通過，走去登機口幾次上下轉折必須小心。時間剛好從容登機，湊巧有一排空位，衣藍可以獨佔一排，SABENE 的品質還是一流。

二、里昂的機場也很大，出關後先找拿車的地方，要搭乘機場巴士廿七號一站。到站後我看著媽和行李，她去取車，不一會開過來很可愛的一台 Fiat 小車，把孩子的安全椅裝好，轉眼開出機場，不久發現不對（是進城的路，進城就麻煩了）趕緊開出換道進入正確的大道 Masaille-Lyon/sud。我用手機短訊通知衣玄和尼古，兩人立即回電了。這時下午六時，曾有一度塞車，不久就好了；路況好，衣藍得心應手，一小時到了歐本納（Aubenas），兩年前我一人乘車來，玄和鳳西來這裡接我。

過了歐本納進入山區，夕陽西下，這一路印象深刻，繞著聖若望的的山頭轉兩圈就到了，兩小時出頭。一群人圍上來，

菲傭馬拉也來了，美國人一對初見，錢立玫一家四口比我們晚一步到達。今晚吃烤肉，好不熱鬧（左圖立玫一家四口）。

三、一夜安睡，中間起來兩次，五點半醒來工作，用電腦只寫了一個多小時，電池耗盡，忘帶充電，只好停工。漱洗下樓，大晴天，氣溫低，毛衣也沒帶，失策。

立玫是藍的蜜友，從小玩在一起又都走進建築一行。玫比藍大一歲，學業也強，她和奧利（Olivieer）都是建築工程師，藍和尼古都是設計師，沒有建築師學位，而且玫是個天才，日常生活有時迷糊，建築本行非常專精；去年老一輩的建築系教授高文麗（Simon Kao）和玫一同應邀參加在埃及召開的學術會議，玫的表現令她佩服極了，到處宣揚。奧利非常穩健，他們在新魯汶青梅竹馬一起長大、畢業、走進禮堂、建立家庭事業，有兩個兒子，大的叫寶貝將要三歲。家事奧利做得多。他們是去馬賽參加表妹（李天惠的女兒）的婚禮轉來，相聚三天離去。

　　原籍舊金山的克斯（Christ）在新加坡工作，太太伊夫（Yve）華裔可說中文，他們是新婚，克斯是銀行法律顧問，伊夫在投資銀行工作，常跑台灣。這一對非常幫忙，整天幫羅安生修房子，一早起來伊夫油漆木頭護窗；克斯用機器除草，山坡剪光栽些樹苗。這些活都是老美習慣做的。

　　以上這幾位都是下飛機後租車自己開來。有一位是從巴黎坐火車到里昂再搭公車到歐本納叫出租車來的就是 Sharlynn（陳潔冰），她是 Verjin 航空公司香港/倫敦航線的空姐。說英文和廣東話、不會說普通話，中文只會寫姓名還把潔字下面的「小」漏了。此人很有意思：一到就脫光了、只剩三點，後

求是文摘

來就上空了，可是她的長處很多，也是拼命做事、幫忙，主要的是廚房工作。她是個好吃鬼，最愛法國的乾酪 fromage、香腸，一路買個不停；每天在院子裡採無花果 fugue，有兩棵樹結得滿滿，非常甜美。

四、去洗溫泉 Thermes de Vals-les-Bains，一個新建的健康中心，有溫泉泳池，熱泥塗身包起來烘烤，按摩等服務，全套下來要 50 多歐元，比起四月間在土耳其西部的溫泉遠去了。

五、洗溫泉後回家更衣參加前房東 Eric 和 Isabel 的歡宴。他們是做房地產的，羅安生從他手裡買那棟老屋成為好友，這是一對典型的馬賽人，非常熱情。兩個女兒：大的馬麗 Mariano 十歲出頭，幫做家事，照顧小她九歲的妹妹。羅安生好心帶馬拉出來見識見識，她有備而來，衣帽整齊，可是廣仙和嫣然卻添了很多麻煩。吃的是法國產的小淡菜 moule，奶油汁做湯 Creme vin blanc，很精緻。甜點是水果蛋糕也好吃，盡歡而散。

六、最後一批客人是住在摩納哥的英國人愛克（Eric）一家五口，愛克是和羅安生（Insiat）同班，太太原籍巴吉斯坦，衣玄婚前路經巴吉斯坦就住她家，結婚禮服也是在那裏買的。他們夫婦兩個女兒還有老岳父。一家人都非常親切。

七、頭天玄租一部車開回家中，因為他們的車子要留在這裡，他們要用租車開去機場。這時清潔工已把各處打掃乾淨，新房客的行李已經到了，於是大家上車各奔前程，英國

人一家沿途遊覽，陳潔冰搭我們的車到里昂，我們則跟著安生開，無須認路輕鬆多了，到了機場，先去交行李辦手續，藍的租車也由玄去還，他們的飛機是晚上八點，這是姐妹二人事先排好的行程。我們順利在比京下機，這天是「星期天不開車」Dimenche sans voitures 活動日，只好坐出租車回家，七點後尼古來家把她們接走，寶山之行正式結束。

寶山行事件誌（待寫之文）：

一、外國女婿——標準先生：Brett, Nico, Olivier

二、寶屋生財——這棟老屋在網上按周出租、從無空擋，
　　他們正打算擴建

三、初讀吳魯芹——天外有天、人外有人

求是文摘

巴歐開海灘（Barocay Philipine）
——菲律濱的黃金海岸

(23/12/2005)

　　鳳西在旅比書簡中寫過一篇「海外人的家庭聚會」，說到孩子們長大了，各有天地，要全部集合一起，很不容易，春節是個好日子，但外國人沒這個假日，很難配合；可總得選個好日子每年至少家聚一次。

一、

　　這幾年都是老大衣玄安排，她總有些怪主意，去了非洲的原始森林，又去了柬浦塞的吳哥窟。今年選定菲律濱的巴歐開（Barocay）。這個遙遠偏僻的小島是他們一家人的「最愛」，已來過十次之多。有什麼好玩呢？不過是一個海灘曬太陽的地方，冬天歐洲冰凍雪封的日子，這裡保證是碧海藍天，陽光普

照，尤勝地中海黃金海岸的夏季。此外盛產海鮮、瓜果蔬菜，物美價廉，人工服務尤其便宜，海灘上全套按摩、兩個人為你服務只要 300 菲幣（約合6 美元）。菲律濱是天主教國家，嚴禁色情娛樂，與泰國、越南大不相同，更適宜家庭旅遊。

二、

　　可是來這裡實在不易，從馬尼拉乘國內班機一小時到 Caticlan 換乘小竹筏，再上大木筏，分幾站送到住處。猶如大城市的交通車分送旅客到不同的旅館。菲律濱的國內航班水平很低，候機室人潮洶湧，到了 Caticlan，渡河要涉水，不但鞋襪盡濕，還有人跌落水中，河流經常有風浪。旅館早已訂好，是園林中一座座的獨立木屋（Bungalow）。面對海灘，從木屋的坪台望去可見海上的船隻活動；林中花木扶蔬、曲徑通幽；海灘細白的沙、碧藍的水，大人孩子都穿著最小的泳衣，泡完了曬、曬完了泡。按摩的、修腳的、賣水果的、走來走去，一招就到，但絕不打擾推銷。芒果、木瓜最負盛名，芒果是鵝蛋形的小黃果、木瓜長枕形很大，切開中空幾乎無子，便宜得不得了。

求是文摘

三、聖誕大餐

　　羅安生在他朋友飯店訂好，老闆娘是離婚的本地人，前夫是英國人，安生是常客，連店中的音樂都是他提供的。七點半全體盛裝入席，可是兩個外孫女沒等上菜都已入夢。主菜是螃蟹，大家吃得不亦樂乎；四月間在法國山中遇到的空姐Charlynn（陳潔冰）也來了，她和美國男友一起，可這個男友還帶著三個朋友，她說一個人侍候四個大漢，真吃不消。飯後有舞會，我們二老只好失陪了，回到旅館還只十點多，漱洗入睡。

四、淺釣

　　出海釣魚是海釣，近海乘小艇釣小魚我叫它淺釣。這裡有一種行業，帶遊客去釣小魚，他們在路上來往招攬生意。28/12 13h30，女

婿看孩子，我們二老帶兩個女兒出海了。先在近處繞了一圈，風光秀麗，再往深處，拋錨在他們習慣的地方，開始作業，船

員共三人，魚餌上再捆一圈線交給每個人。放入水中感覺線動，一拉，有物牽動趕緊收線。衣藍第一個開張，釣上一條很漂亮的熱帶魚，接著她連連建功，衣玄和鳳西也不斷有斬獲，只有從小喜歡垂釣的老翁不停地餵魚，竟是一無所獲。她們一共釣上來十多條熱帶魚，有大有小，每隻都漂亮，就像水族館賣的那樣的熱帶魚。衣藍把活的都放回海裡，剩下幾條半死的帶著。兩小時後回程經過一個珊瑚礁地帶停下來，跳入水中、帶上潛水鏡看海底景色；三年前在非洲帶著氧氣筒全套潛水裝備，潛入 20 公尺走過海底深谷，這裡如何能比。

回到岸上兩個女兒飛奔旅館，給她們的女兒看釣來的海魚。

五、經驗談

1) 修理腳指手指的專業老太。一天鳳西正接受修理，她說「此人手藝真好，下面你來修修腳吧！」。四十多歲本地人，已有二十年的經驗，她有一套工具，塑膠的軟質洗腳盆沖洗乾淨，接一盆清水，在沙坑立放，開始工作。修剪腳指甲，兩邊挖平、剔淨、老繭銼平，堅厚之處用刀割。反覆擦抹各種藥水油膏，四十分鐘完工非常輕鬆舒適，600 菲幣。

2) 按摩，家人都有此好，我有反感，從來不踩。老伴一再勸說，最後修腳；由於自己修剪不當，在布魯賽爾腳指甲出過問題。這裡有得修剪，隨喜，在沙灘上和她並排接受按摩。也是四五十歲的老太、身強力壯，我喜歡和這些人聊天。這位師傅有九個兒女，五男四女，大兒子十九已做了韓國飯店大廚，待遇很好，最小的只有五歲，他老公不工作，常在海邊遊蕩、抽菸喝酒。

　　給鳳西按的比較年輕、高中畢業，英文流利，中學是義務教育；按摩是兩年的職業教育，要繳費。她丈夫當船員，有五個孩子，條件不錯。

3) 沿海邊這條大街，少說也有 5、6 公里，最多是飲食生意。不知什麼道理這裡韓國人最多，我們吃過的韓國餐廳值得一提的有海鮮火鍋：桌子中央一個煤氣爐，爐上一個大湯鍋，周圍邊上可以烤，所以既可煮又可烤，端一盤盤海鮮肉類、青菜和調味品……，吃下來每人要 10 美元以上，味道並不精彩。

4) 蒙古烤肉：每人拿個大碗，依次選擇你喜歡的，有各種蔬菜、魚肉、調味品，裝滿為止。交給櫃台，他給你個號碼，記下你的座位，等你的碗出爐送到面前。碗裡的東西是你自己選的，著料自己配的，尤其這些東西大都是熟知的，比如：粉絲、醬油、海鮮醬、花生末、大蒜泥……。烤出來合自己口味而且最便宜，第一次沒經驗，裝得不夠

結實，烤好只有半碗；第二次最夠本，我們發現這家餐廳，帶大家來都滿意。

5) 墨西哥飯也是大家喜愛的，昨晚安生定的帶大家去，我選海鮮烤鍋，喝檸檬茶，吃得很好。

　　所有這些飲食，對我說都是隨人喜悅，自己也可，但都不是我的最愛，那你愛什麼呢？包子饅頭、牛肉麵、日本料理，尤其是三達子（Santaze）的午餐、流浪子（La Boheme）的點菜、葡萄牙 Mabravo 的沙鍋 Cadria。

　　此地的消費最貴的是旅館，我們住的木屋每天 75 美元，沒有早餐，上網每小時 75 peso，可以看別人發來的郵件，但你發出去的大都未到達。

求是文摘

馬尼拉的除夕夜

告別沙灘

31/12/05我們要先離開巴歐開（Barocay），搭乘下午二時 Gatclan 起飛的小飛機到馬尼拉。午前就搬出旅館，午飯在她們姐妹旅館共餐，飯後衣玄派奶奶（bebe siting 的母親）陪我們去 Gaticlan 搭機。兩家大小送我們到海邊，我們仍涉水登舟在奶奶照撫下到了機場，搭上十二人乘坐的小飛機，一小時降落馬尼拉。

這個機場以前來過，不坐旅館的巴士（貴而慢），逕去計程車站排隊，很快到了旅館。La Hayatte 懸燈結彩慶賀除夕新年，我們趕緊進入房間洗盡沙塵，好好睡個午覺。旅館有幾個餐廳，上次吃日本料理非常好吃，這回換吃義大利除夕大餐 1,200 peso 五道菜包括當場現做的甜點。

飯後先在樓下訂好晚會的票，回房休息養精蓄銳，睡到十一點下樓，晚會剛才登場。第一個節目是馬尼拉紅歌星演唱六〇年代的金曲，鳳西興致好一定要去。

開舞（她一向不喜歡打頭陣的），曲子不對路、舞池就我們一對，一曲方罷趕快歸位。

不一會換上搖滾樂隊，一時全場哄動，我們搶先進場，舞池剎時爆滿；鄰座的一對老夫婦按捺不住也擠了進來，晚會進入高潮，許多人汗流滿面。

晚會票包括宵夜，我們選了日本壽司和生魚片，當然是日本餐廳提供的，非常鮮美。接近午夜倒數分秒的時候、數到零點全場歡呼：彩帶、銀絲亂飛，全場亂作一團。舞會兩點結束，回房泡湯，生魚片詐祟，一夜折騰。

求是文摘

上海紀行

(2006/9/8-9/29)

　　這次上海之行是陪鳳西開
會，我也借此一遊，長些見聞，
何樂不為。

　　她們這個會全名是「海外
華文女作家協會」，聲勢浩大，
包羅了許多知名的女作家如：趙
淑俠、趙淑敏、陳若曦、韓秀、
吳玲瑤、簡婉、施叔青、朱小燕

等等。每二年一會，這已是第九屆了。有些女作家帶了老伴同
行，我便是其中之一。

　　復旦大學中文系是主要贊助人，其他上海婦聯會、上海僑
辦也都全力贊助。會議三天有許多精彩的言論和熱烈的交流。
這期間穿插一些參觀旅游節目。上海的景點不必說，還去了揚
州。九月十四日一切活動完畢，我們如期去了杭州，住入吳大
哥的別墅。他們邀請了三對夫婦分享盛會；我倆之外一對是吳
大哥的老友劉公夫婦，和人鳳工作時的上司方先生夫婦，都是
當年政府機關的主管。

可是放下行李第二天我們又趕去上海赴大女兒衣玄一家人的約會。她苦心安排要我們與廣仙多親近，從印度趕到上海出差，叫羅安生把廣仙從香港送來上海，我們在她的

豪華旅館帶孩子兩天（她去開會）；安生放下孩子就趕去曼谷上班。兩天以後我們又帶了小廣仙搬去她在上海工作了七年的西班牙朋友路易 Louis 和 Patricia 家裡，這天她要帶孩子離開上海，我們也再回杭州。

路易夫婦也是舊識，幾年前衣玄安排的香港聚會，羅安生的父母從美國趕來就把我們擠到他們家借住。路易是西班牙的鋼鐵出口總代理，從香港調來上海，七年生了三個孩子，太太只好放棄工作，他們房子寬敞，幾個傭人輪班工作。Patricia 不忘學習，她要把中文學好。這次和他們夫婦、尤其是 Patricia 有較深入的溝通。

開會期間住復旦大學招待所「卿雲樓」四星級飯店，非常舒適；早餐很可口；地方機構招待都是山珍海味，近乎浪費。而最不曾料到的是揚州之旅，其豪華富饒、文物古蹟豐盛，大開眼界，將另作專文敘述。

回到杭州赴一次盛宴，是淺江晚報的記者胡志弘安排，此人兩年前來比採訪畫家沙耆的故居，曾在舍下作客，鳳西作嚮

求是文摘

導帶他遍訪沙耆當年的足跡。這回湊巧台灣卡門藝術中心的林總經理來杭州，他邀集了沙天行和杭州藝術學院的一對知名教授，在有名的湖畔居請一桌宴席。他是老杭州、又多才多藝，飯後品茶是陳年的普耳（駝茶，此君近年致力研究），這一席比之那些官方的盛宴精緻多了。

杭州正是大閘蟹上市的時候，吃得過癮，從前吃蟹嫌麻煩，總是讓給別人，這一回發現原來如此好吃，也顧不得修煉、殺生，連酒戒也開了。這裡要補述一下杭州吳氏別墅來由。吳先生十多年前把退休金在家鄉杭州置產，買地建屋、並邀了幾位同鄉好友蓋了「文化新村」，他本人還在村口大街上買了兩棟商店房出租，當時這一帶還是荒野，如今變成鬧市，他們的投資像中了特獎。每年在最好的好季節來住幾個月，邀一些好朋友來歡聚。特別一記的是劉公，他本是土木工程專家而國學精湛，詩詞歌賦信手拈來便是佳構、有詩為證：

富春江上喜同遊

無限風光眼底收

千里有緣來聚會

他年回味樂悠悠

回程飛機是上午十時由埔東機場起飛，只好在機場附近訂好旅館頭一天趕去，於是順利登機十小時到芬京轉布魯賽爾，李罡來接送回家中。旅行的最好時間是安返家中。

求是文摘

揚州的漢墓

(05/10/2006)

　　揚州是中國歷史和文化的重鎮，又擁有歷代經濟發展的重要資源，天賦的優越條件、加上聰明勤奮的人民，歷史上各個朝代揚州都是全國經濟和文化的重點；誠如「漢陵苑」[6]中所說：「它有過漢代的興盛、唐代的輝煌、清代的繁榮」。時至今日又搭上改革開放的列車，創造出目前這一片基業。揚州人用現代化的科技和工藝把祖宗的豐功偉績、忠實地、輝煌地、精細地、質樸地、敦厚地、邏輯地、呈現給來茲。歷代的列祖列宗如果地下有知，一定會含笑九泉了。

　　揚州的二日游、時間太緊湊，值得追懷的事物太多，我先寫一點關於漢墓的所見所感，這是使我最為震撼的。

水運之重要

　　揚州漢時叫廣陵，位於江淮之間是南北交匯之地，水運既利國防又繁榮了經濟；「邗溝為吳王夫差時所成（公元前 486 年）。其實整個運河的修築多段都是利用一些天然的小河道或原已有的人工水道開通的」[7]。

---

[6]　「漢陵苑」介紹揚州文物的圖文匯集，作者夏梅珍資深的文博工作者，本文主要資料來源。
[7]　趙淑敏教授語。

千年以後才輪到「隋文帝為了通漕修了廣通渠，從大興（今日的西安）到潼關（公元584）開皇七年（公元587年）修了山陽瀆（南起江都、北到山陽，山陽就是今天的淮安）溝通江淮，山陽瀆是利用邗溝舊道加寬取直而成」[8]。隋煬帝醉心揚州的風光和佳麗續修運河：百姓苦役、日夜趕工，兩腿泡在水中，日久生蟲，暴虐的國君人民不會忘記。

揚州的漢墓

揚州地區的漢墓，分佈廣數量多，其特點是群體分佈、地點都葬在蜀岡之上，規格等級齊全：有王侯陵墓、列侯的、士大夫的、平民的，沿襲時間長達四百年沒有間斷。

自古以來帝王們都認為死亡不過是換個地方、繼續他們的帝王生活。漢代人尤甚，以至形成了具有「濃郁地方特色的漢代廣陵喪葬文化」[9]。

黃腸題湊

這是墓葬型制的一種。黃腸是黃心的柏木，題湊是木槨的結構。題是指題頭，就是樹木朝向根部的一端，「湊」是向內聚合拼湊的結構。揚州的漢陵苑保藏了目前世界上保存最完

8　趙教授語。
9　漢陵苑44頁。

整、結構最複雜、用料最考究、製作最精良的「黃腸題湊」式的木槨墓，那就是漢武帝劉徹的兒子劉胥夫婦的墓槨。劉胥在位六十四年，有江淮之利、國勢殷富，就長年經營他的墓穴，留給揚州這樣一件稀世之珍[10]。趙淑敏教授說：「漢代墓葬的一個特點，就是大量使用木炭與一種學名叫白膏泥的白灰塗抹，對於密封、防水等等很有效，可以使兩千年不壞」。揚州的漢墓當時是否如此處理可以考證。

漢陵苑

漢陵苑就是廣陵王墓博物館，1986年把廣陵王夫婦的合葬墓從原地遷葬揚州建館，1992 年建成。博物館完全依照原式仿造，連當年盜墓人打入地下25 米的孔道也照樣安置。據考證這個盜賊取走的東西不多，而且只下去一次、損害很小，這也是揚州文物之幸。我們仔細地參觀了內部的結構及各種設置，驚嘆二千一百年前的古人能有這樣的才華設計。

有感：同樣的葬墓連想到慈禧太后，她為她的後事也經營了許多年，國庫為之枯竭。到頭來卻被軍閥孫傳芳的士兵打開，殉葬的珠寶取走，屍體暴露在棺材外面，比起劉胥倒霉多了；以她生前的作為、有這樣的下場，豈不是報應！

---

[10] 黃腸題湊之一角和漢陵苑外景都取材於「漢陵苑」。

巴黎惡夢─巴黎轉機的痛苦經驗

(10/01/2006)

生活中的煩心事，常在夢中出現。這一次在巴黎所受的洋罪，將來一定會在夢中反覆折磨你，這個經驗不能不記，奉勸諸君盡量避免在那裏轉機轉車。

我們半輩子定居在布魯賽爾，又喜歡跑來跑去，巴黎轉機是常事；可是近年來每次在戴高樂機場轉機轉車非常反感，這次幾乎要發誓不再來這裡。機場的負荷量太大，雖然一再擴建，仍然跟不上要求。長榮的航線巴黎臺北只要十三個小時，我們已搭過多次。從市區魯賽爾坐大利（Talye）飛快車一小時到戴高樂機場，在那裏交行李登機，可是過程很複雜辛苦。

去時還好，自己拖著行李在機場上上下下轉來轉去，找到長榮的櫃台、排隊辦手續交行李，也還好。回來從臺北到巴黎十三個小時準時降落，取行李過程也算快，可拖著行李要找到換車的特快 TGV 車站就非常復雜，縱使你有過許多次經驗也要細心地找，即使你很清楚路線、幾次上下電梯；換乘機場巴士，每個人都扛著大件行李，車上的行李間放不下，都堆在車門口，乘客常常上下不得。到了快車站候車室，零下三度，人人縮成一團。有自動販賣機，也有個咖啡店都是開放式的；這

求是
文摘

不禁令人想起臺北的火車站，多麼寬敞舒服，24小時營業的商店供應熱騰騰的飲食，真是地獄天堂之別。

　　火車買的是聯票，惟恐趕不及，時間訂的長，要在這裡等三個多小時。等到時候，要乘電梯下月臺，電梯少又小，人人爭先恐後擠作一團。車來了雖然是對號入座，可仍是亂作一團，每節車廂前的行李架容不下太多的行李，結果都堆在門口，人要從行李上走才能到達座位，這使我想起小時候逃難的情景。車到布魯賽爾南站，許多車廂無法開門下車，好在是終點，總會下來的。

再走巴黎──臺北獨處十日

(3-16/02/2006)

剛從臺北回來，在家中過了春節，忽接亞洲兄來電說，台灣的居住手續必須親自返台辦理；同時在秀威排印的第二本書也有細節待商，所以春節一過就匆匆上路赴台。最快捷的航程還是長榮的巴黎臺北。旅行的事一向由鳳西操盤，她辦事快捷，機票和連接的火車票一天訂好，行李也由她整理，二月三日凌晨送上南站的特快車（Midi TGV）。下車後的路線她一再解說，怕我記不住還寫了一張說明，順利找到長榮的櫃檯交了行李。我不喜歡豪華經濟艙的座椅，這次是坐經濟艙（便宜 100 歐元），十三個小時後準時（臺北時間清晨七點半）降落中正機場，順利通關，亞洲已經到了。在亞洲兄他家吃過早飯，去吳大哥家中；人鳳為我這次隻身前來作客做了許多安排，使我有一個自由舒適寬敞的環境，無拘束的進進出出，衷心感謝。

當天星期四休息了一個周末，星期一亞洲陪我辦好行政手續，拿了新身分証，接著就和義燦聯絡探望老友的病況，珺如安排在她家吃晚飯、聽老三的簡報，仍然由他下班時接我。珺如精心地做了幾樣小菜和自己包的水餃，飯後老三做簡報，他是榮總心臟科專家，找了許多攝護腺科的學長研究了他老爸的各種情況，作出結論，解說非常仔細，我也是攝護腺患者獲

益非淺。老三的結論是從各方面考量應該盡快動手術切除，義燦坐在那裏憂心忡忡、聽候宣判，令人同情。老三回榮總宿舍順路送我，談了許多，他周末去上海開醫學會議，以後未再碰面。幾天後琿如再來電話說他們選定了醫生，並訂於三月中入院，要我行前兩個晚上都為他們保留，老友敘舊是精神支援。再去她家，琿如給我一個驚喜，她竟找到我念念不忘的老電影「原野奇俠」和「戰地鐘聲」，並送我兩張拷貝。

離台前一日，通校校友聚餐，早和鼎埠約好參加。五十年前的同學多半不認得了，特別有交往的也到了幾位，最高興的是潘家菊也來了（鼓山亭之友），而且他的景況很好，再婚的妻子上海人，他們中壢的房子很大，約我下次再來時去住住。

十五日在亞洲家晚餐，菊妹做的酥炸雪魚和鹹水雞令人難忘，飯後上車送去機場，一路從容細談往事，轉瞬到達，他堅持去停車陪我辦 Check-in 手續，送到關口揮手而別。

去巴黎的乘客在 C8 號候機廳，人數眾多，我選了個人少的角落坐好、閉目養神，竟然沈沈入睡，突然醒來發現靜悄悄只剩一人，趕緊看錶距登機時間尚有十分鐘，問 C9 的服務人員，才知臨時改到 C3 登機，他們說時間充裕不必驚慌，我已嚇出一身冷汗（使我想起許多年前曼谷轉機的往事）。

經濟艙位子很擠，我坐右側的走道座，靠窗是一對年輕夫婦；男的法國人，女的印尼人，他們是去印尼探親旅遊的。男士非常有禮，搶著幫我安放手提行李，聊一些在台灣的見聞，到巴黎下機他們一路照顧我。來到 TVG 的候車大廳等候快車，

天氣溫和大廳裡不再冰冷。去時廁所正在翻修，回來已竣工，我見識了世界上最豪華的公共廁所。中間是櫃檯坐著穿制服的管理員，繳費半歐元（50 cents）如廁男左女右，所內寬敞光潔，空氣清新。大號間可容納大件行李，有掛衣鉤，馬桶座位舒適，最獨特的是衛生紙抽取時有液體自動噴出，清洗便處，這樣的公廁前所未見，堪稱豪華。

　　等車要兩個多小時，我環顧四周，發現一個單身東方女學生和我分坐一條長椅。用中文、英文她都不懂，原來是越南來的法文流暢，在里昂讀餐旅學校，老家是河內的資產階級，吃過越共的苦頭，她祖先是台灣的移民還帶著中國的姓氏「Gia CHUANG」，應該是「黃」的亂拼。她和我的車同時到站，她幫我帶路，又受到年輕人的照顧。TGV 比大利（Talye）慢，停站很多，但乘客少座位多，大都不按訂位坐。車進比國就用手機與鳳西聯絡，車一停她已在月臺上了，真是福氣。

求是文摘

追記魯汶同學柏林之旅

(Jan/1971)

　　1970 年定正倫當選魯汶中國同學會會長，侯受華、副會長兼總幹事，他們精心籌劃辦了一次盛大的旅行，這就是1971年元月柏林之旅。他們用三個月的時間作了充分的準備，不但以同學會名義與德國同學會聯繫取得協助，並且透過旅德學人郭教授[11]的推介西柏林政府竟慷慨負擔了我們四十人的往返旅費和柏林三天的食宿。

　　柏林是在東德境內，也分東西德轄區，從西德進入柏林的西德轄區，必須搭程飛機；所謂「空中走廊」，這是二戰後美蘇對恃、「冷戰時代」的典型局勢。

　　這時我們已遷居比京，王虎夫婦、余叔謀夫婦也轉來比京。比京到漢諾威的火車票是同學會預訂的，主隊從魯汶出發、比京南站集合上車，漢諾威是西德境內飛往西柏林最近的一站。有幾位同學為搭車方便住在余家，不料他們遲到，火車

---

[11] 郭恆鈺博士早期留德學人，近代史學者，西柏林自由大學任教。

開了，幸而站長與列車聯絡，他們叫計程車追到列日與大家會合。

科隆有一小時停留，我們就在附近走走。火車站在萊茵河邊，從車站出來左手邊上臺階就是有名的大教堂。萊茵河兩岸都有冰雪覆蓋，大教堂頂上更是戴了白色的桂冠，這一帶我們已來過多次，但這樣的景象還是第一次看見。

繼續登車北上，車是包廂六人一間，相當舒適，可是窗外愈來愈冷，到處積雪，下午四時到達漢諾威，當地的四位同學在車站迎接，把我們在旅館安頓好，再帶去大學餐廳吃飯。大學的附屬醫院有二十多位台灣來的護士小姐，她們是經由科隆的趙神父安排簽約來的，素質高、態度好，贏得德國人的一致好評。晚上她們準備了茶點招待我們，他鄉遇故，乃有一個溫馨的晚會。

漢諾威是工業重鎮距漢堡只有一小時的車程。漢堡的夜市對小夥子是一大誘惑，回到旅館有數人竊竊私議，一夥人溜去漢堡；好像是孟蘇起鬨，施光帶頭，跟去的有阿標[12]、小郭、小史、小蘇等八人。他們找到風化區，一家色情表演場門口的標價是入場券 6 馬克，飲料另計，啤酒等普遍飲料也不過 1、2 馬克，他們就大膽地坐了兩桌欣賞表演。有個舞女坐到孟蘇身邊叫一瓶香檳，施光反應快立即起來結帳，可是孟蘇那桌的香檳一定要算上，兩個保鏢大漢走過來，只好乖乖地付了 500 馬克，阿

---

[12] 2006年2月7日與阿標在敦化路口「旺都」二樓飲茶，他對此役記憶猶新，只有八人中的二人一時想不出姓名。

標先墊出來。在門口遇上巡邏的警察，施光找他們理論：「我們受德國政府邀請來訪問，竟遇上這樣敲詐的行業。」

警察很同情，擔心他們錢被搜光回不了漢諾威，表示：「這種事哪裏都有，警察也管不了，我們願意送你們回旅館。」他們買的是來回票，就把他們送到車站，到了黎明灰頭土臉地回來，互相抱怨，才傳為美談。阿標為大家墊的 500 馬克原本說分攤，但也有人賴帳。

第二天乘泛美班機一小時到柏林。郭教授和市政府官員都來迎接，還有個歡迎儀式，受華即席答謝英語流暢，頗有戰國晏子之風。柏林三天最值得記憶的有兩件事：其一是聆聽柏林交響樂團的演奏，其二是偷渡東柏林之遊。

柏林的交響樂團由 Herbert von Karajan 指揮舉世聞名，在壯麗的音樂廳 Philharmoni 上演，這個豪華的音樂廳有二千二百個座位，每到音樂季吸引來全世界的音樂愛好者。

柏林的三天我們抽出一天和開傑玉玲、王虎以良等在東柏林閘口辦了一天的簽證進入東德。

憶阿姆斯特丹的春宮表演
—Amsterdam sex show

(1975)

　　玫瑰餐廳每周二休假，兩個孩子照常上學，我們常帶上岳父母到處吃喝玩樂。有一次決定遊荷蘭，研究好行程一早出發；上午玩過幾個地方，中午到阿姆斯特丹中國城吃海鮮。中國城常和風化區為鄰，飯後就在風化區遊蕩；這種玩意在台灣禁令甚嚴，他們哪裡見過。郭將軍不拘小節，帶頭走進一家性表演戲院。阿姆斯特丹的表演與巴黎迥異，這裡是赤膊上陣、真刀真槍在戲院表演，觀眾買票進場是大眾化的；在酒吧中表演，要開香檳酒，還常有酒女要求陪酒，被敲竹槓的遊客大有人在。

　　這天的表演非常精彩，男女演員都有很高的舞蹈水平，既有優美的舞姿，又有火辣刺激的床上動作，觀眾看得目瞪口呆。記得岳母說過一句評語：「這些演員都吃了興奮劑」。

求是文摘

感懷

慶生會上所見有感

(02/1908)

年齡是人生的大限

　　五十歲正當盛年，生龍活虎，每個老人都曾經過那個年代。我在那個年代（八〇年代）正是汽車貿易創業和興盛的時期，終年奔走不息，一日之內開車過幾個國家、會晤幾個對手；六十歲也還生氣勃勃，七十歲就大不如前，八九十歲的例子就在眼前：魏太太（83）和蔣先生（85）比五年前差遠了。黃瑞章老先生（95）與兩年前不能比，兩年前為收集畫家沙耆的資料，多次登門拜訪，他的記憶力驚人，反應快速，行動穩健，今天可遠去了；他的女伴愛迷（92）卻看不出差別。年歲雖是大限，但各人的體質和鍛煉可以起到一定的作用，總的說活多少歲並不重要，重要的是活的生動，活的自如，有威嚴、有尊嚴。常見老人院裡的老人，一切已不能自理，只有一息尚存，不如歸去。可是誰主宰呢？

做一個灑脫的人

　　一個人灑脫不灑脫，與財富和權勢無關，與學識學位關係也不大。我們的老友，大學系主任，精通多種歐洲語文而腰

纏萬貫，具備非常充分的灑脫條件；可就是婆婆媽媽、窮酸兮兮，總吃小何的排頭。人生幾何、所為何來！

得饒人處且饒人

小何總盯住兩位大教授不放，不錯過一個損她們的機會，得饒人處且饒人，你就放她們一馬、積一點德行吧。

別把你的兒孫總掛在嘴上，別人未必有此雅興

孫子也好、外孫也好非常可愛，說一次就夠了，相片展示一次夠了。女兒女婿孝順帶你去渡假，別忘了你的功能，帶孩子做飯還有你習慣的乾淨勤快，這都是丈母娘比老丈人受歡迎之處。

你們內部也和諧，你怎麼弄的？

我說個故事：漢武帝的老臣過生日，他一時高興跑去湊熱鬧，看這家人五世同堂，父慈子孝兄友弟恭，問他怎麼弄的？壽星當場寫了一百「忍」字以對。這個問題如果你三年前問我，我也寫一百個忍字以對；如果去年問我，我寫八十，老伴寫二十；你今天問我，我只寫六十，她寫四十。修煉的人講究內找，就是遇到衝突矛盾先自我檢查，找出自己的過錯，誠心改正。兩個人要想把晚景過好，必須雙方努力才行。

怎麼你們還在一起？

　　兩年前的國慶酒會上
遇到當年在魯汶讀書時負
責外國學生事務的狄特根
先生夫婦，他開玩笑說：
「怎麼你們兩個還在一
起？」三十多年兩個人還

在一起很不容易，就算沒有感情上的問題和天災人禍，能平安
相處，家庭圓滿，那就是上天的恩寵，應當心存感念、珍惜
所有。

求是文摘

漸悟

　　老伴常常勸我：學做一個慈祥的老人，每天笑顏常開、一團和氣、人人都覺得你和藹可親。她又說：「你是個世間少有的好人，處處為人著想、與人為善，可是很難相處，越靠近你越不舒服。」

　　清夜捫心自問、反覆思量她的話很有道理。看看來往的人對我的態度確實如此；我曾經悉心照顧過幾個少年人，替他們跑腿辦事、出錢出力，到後來他們對我都敬而遠之。自己的家人跑不了，她們就敷衍，你說你的，不和你爭論，卻有她們自己的主意，也等於「敬而遠之」。

　　人各有志：各人有各人的習性、各人歷史的和現時的生活背景，形成了各自的思維方式和價值取向。你的那些經驗可能已過時，就算還有點價值也不必強加給別人！譬如最近和一個晚輩有矛盾，想到他種種不是，一時怒火中燒，就要把他找來臭罵一頓。其實這都是觀念的衝突，你如果用慈祥老人、和顏悅色的態度去處理，可能收到更好的效果；而你卻衝冠一怒，幾年的修煉都泡湯了，你的「心性」哪有提高。一個人有沒有修養、心性的高低決不是自我標榜、自我評分的！

近世以來舊的道德標準淪落了，新的規範還沒確立，評價一個人用什麼尺度去衡量呢？眾人皆曰「好」未必真好，曰「壞」未必真壞。「法輪功」提供了「真、善、忍」三字經，凡事看你是不是「真」、是不是「善」、是不是「忍」？在這個混濁的時代，所謂「末法時期」，勿寧是最簡單明瞭的真理標準。

老人常犯的毛病是「老叨」，喜歡剩飯再炒，嚕嗦不停；慈祥的老人還要常常提醒自己切勿「老叨」。

隨喜與良性互動—老伴相處之道

(11/08/2005)

隨喜是佛語，好像是隨人喜樂之意。這句話是許多年前從鳳西的小妹竹君那裏聽到的。她是虔誠的佛教徒，當時吃全素，婆婆說她體質本來就不壯實，吃全素怕營養不良，而且特別做素食多麻煩；她欣然接受，吃點肉邊菜，間或咬到一片肉就嚥下去，她說「心中無肉、何肉之有」，這就是隨喜的例子。人家喜歡、自己隨合，至於修佛重在意誠，不拘形式，這是很高的境界。她又說到要修「戒、定、慧」，要去「貪、嗔、癡」，舉了一些神奇的例子，使我受益無窮。演繹下去還有更深一層的內涵，像同情心、處處為人著想、與人為善等。人人如是，社會上肯定是一片祥和之氣。

把這個道理應用到夫妻的相處之道也是天經地義。二人的志趣完全相同的世間少有，相同的部分不必說，不同的就要「隨喜」。她喜歡唱歌，他喜歡運動；她喜歡公園或林中散步，他喜練功打坐，這都是好事，各行其好並無妨礙；可是如果能互相隨喜，他不但欣賞她唱，還跟她學唱，她不但欣賞他游泳還跟他去練習，這樣共同的愛好愈多，生活就愈充實，尤其是到了晚年，無所事事的日子。

表面上的配合、和諧，未必是真正的心契，真正的心契是來自全心的關懷、愛護、真誠的隨喜。

　　「良性互動」是蘇敏儀提出的老伴相處之道，很有深意。敏儀是鳳西中學時代的學妹，知心好友；下嫁弟弟保民也是姐姐的關係。結婚之初保民駐防金門，幾個月才回家一次，敏儀上班養家，熬到先生退役，二人到美國打拼，創下一片基業，兩個女兒都是名校出身，又都家庭美滿。這樣的晚景多令人稱羨，可是上帝是公平的：除非你知足有德、珍惜你所擁有的這一切，否則日子也未必好過，而且也難保不出現危機。

　　敏儀喜歡社交活動，做過一千多個學生的華僑學校校長，熱愛繪畫；保民工作勤奮，下班回家，工作衣一換，修修補補，無所不會；勤儉起家，寧肯繼續過篳路藍縷的日子。敏儀覺得辛苦了一輩子到了晚年應該享受享受，尤其自己得過乳癌，雖然穩定，心中總是毛毛的，二人美好的晚景過得並不愜意。

　　她這次到法國是學畫來的，這是她多年的愛好，而且有相當成就，我們恭喜她在繪畫上的成功；最重要的是找到自己的愛好，開創了你自己的世界，熱烈地投入、樂在其中，到了這樣的年紀還能有這樣的際遇，非常幸運，別的事就可網開一面了。問到保民，她說：「保民很好，每天忙他自己認為重要的事」。這就是了，誰不是在忙自己認為重要的事呢？

　　幾年前自己「退居二線」，老伴氣勢凌人，經常嘔氣。她常說的一句話是：「活到這把年紀還能改變嗎？」可是既不願

分手，就得設法把日子過好，必須「良性互動」才行。這幾年二人都有長進，晚景「形勢大好」，就邀請敏儀法國的學業結束後（十月初）來我們家小住，交換一些「良性互動」的心得。

生死之念

(28/07/2005)

　　年輕人很少想到「死亡」的問題，覺得那是極其遙遠的事。但是人生苦短，不知不覺你已走入暮年，和死亡越走越近了。看到周圍的老友們一個接一個的走了，怎能不想這個問題。

　　前些年看見年邁體衰的老人：不是纏綿病榻，就是哆哆嗦嗦、風吹欲倒，心中不禁祈禱：「老天爺啊，可別讓我活這麼久！」

　　我們這條小街上有幾對老夫婦。對門的德先生八十六，太太小三歲，兩人都是老病號，幾次大手術後死裡逃生。先生癡呆症，走出門一拐彎就回不來；太太開過心臟，可是一心要照顧老公，重任在身顯得壯實多了，天氣好就攙扶著老頭在附近散步；隔壁的計先生夫婦、斜對門的德國人景況差不多。有幾位單身的老太太堅持自己過，不去養老院，兒女們偶然回來看看，帶出去吃頓飯，平時一個人孤零零的呆在家裡。

　　想到早些年對「生死之念」的想法值得反思：你不願意活太老，希望在那之前瀟灑地一走了之，可是你那另一半呢？如果她還愛你，如果她需要你，而你好好地先走了，豈不太自私嗎？你事事為人著想，怎麼沒想到廝守了四十年的老伴？

日行一善

　　小時候做「童子軍」、有「日行一善」的教條。童子軍是
國際組織，有同樣的教義，比利時的童子軍也有日行一善這一
條；最近忽然心血來潮，也要日行一善，這是由於符合我的
信仰，師父曾說要做好事、與人為善；但順其自然，不要執著
於此。

　　每天去晨泳，朋友們都喜歡拿到一份地鐵小報 Metro，這個
小報免費贈送，廣告並不多，但所有重大新聞、無論國內外、
地方、政治、體育……無所遺漏，文字精簡，為大眾所喜愛。
可是包賽東（Poseidon）泳池沒有專人負責供應，一周之內難得
拿到一兩份。

　　我每天開車從地鐵站前經過，停車進地鐵站、報紙就擺在
進口、來回不過五分鐘，這樣的好事何樂不為。所以從上星期
開始、每天取報兩疊（法、荷文兩種版本），悄悄地放在清潔
工的櫃臺上。不欲人知也！

撞車

(07/10/2005)

保持冷靜、遇事沈著。

蔣德修先生昨天過世了，他已經病了很久，最近顯著惡化，他的大去是眾所預料之事，可是一旦宣佈死訊還是令人一震。鳳西聞訊就很關注，到處打聽情況，從傅先生那裏得到傳真發來的訃文，打電話給家屬都未能接通。晨泳她要去，只好坐她的車，一出門就走錯了路，只好走上大路，到紅燈前迴轉又未迴轉，一路下去找機會大迴旋轉過來。車到地鐵站前，我說既然走到這裡你停一下我去看看有沒有小報 Metro。不料她急向右轉，右邊有車竟未見，碰撞之聲甚響，兩車趕快靠邊，幸而損傷不大。對方也是位太太，趕緊道歉，人家還算客氣，我幫她用手機把她先生找來，先生是做保險的，也很通達。錯在我方，只要填寫 Constat 就好，兩個男士處理很快完成，各執一份再見。鳳西擔心他優良的開車記錄，想和人家私解，人家當然不肯，趕快拉她走開。

鳳西一向開車穩健，今天一出門有點神魂顛倒，如果為蔣公之逝，不至如此嚴重，估計是事情擠在一起。十月十日老人會和大鵬會合辦聚餐、老房子老頭趕不走等，也許還有什麼更

使她分心的事？可是無論什麼大不了的事也要保持冷靜、沈著
應對，決不能慌亂。今天的撞車算是幸運、是當頭棒喝，應及
時吸取教訓。

跌倒

(31/07/2006)

　　早上在 Av. Des Casernes 和 Chee Wavre 轉角、手飾店門前重重地摔了一跤。右手擦傷出血、右膝蓋摩擦出血、左手肘可能觸地，但因皮厚未傷，帶的手錶金屬錶帶震斷，飛出兩步；行人都驚呆了，紛紛過來幫忙，其實我早已爬起，穿過紅燈停下來檢查傷勢、拾起破錶；一位胖小姐抓住我渾身打量，看我有沒有摔斷腿腳，要不要送去醫院；自己活動一下覺得並沒任何不對，就謝謝各位熱心人士，站到路邊，回想這事怎麼會發生？

　　穿過綠燈時，腳步加快、身體前衝，右腳後跟被路階擋了一下，為保平衡全身猛衝了數步才摔倒在地。這樣的摔法是第二次了。大約半年前在 Roodebeek 地鐵站上面過馬路，由於球鞋底抓地，跟不上前衝之勢，同樣的狀態跌倒，幾乎是同樣的後果。

　　今天八點我開車帶鳳西來這裡游泳，之後分別辦事，約好車上見面；我摔倒以後驚魂甫定，她來到了，上車回家。先處理傷處：點了紅藥水和消炎軟膏，吃完早餐，在後院練第四套功法「法輪周天法」，正是活動全身筋骨，覺得無甚不對。午飯後擦傷都凝固了，周身再無不適之處。

一周前鳳西也跌了一跤，她是在公司裡購物時一步沒踩好坐在地上，回家屁股疼痛，先用自己的辦法：熱敷、使用自備藥物等；不行再去找家庭醫生：仔細檢查，認為筋骨未傷可以放心，開了止痛藥物，要用冰敷。買了止痛藥和特製的冰袋但仍不濟事，忍不住疼痛，只好開去大學醫院 St. Luc 掛急診，照了各種照片，證實沒有損傷，挨了十多天，總算康復了。目前長假期、星期一是唯一的跳舞機會，她早就盼著今晚的舞會，既然沒事跳就跳吧！兩個小時，汗透衣衫，跳出水平。

　　同樣的病痛落在不同的人身上，由於各人的體質、鍛鍊、觀念的不同會有不同的結果。許多人很注意保健，飲食有規律：蛋黃不能吃、甜食不能吃、鹽少用、維他命各式各樣吃個沒完；可是她們未老先衰、渾身是病、日常生活只忙著看醫生。十多年前西班牙有位陳迎春老太太，七、八十歲、爬到桌子上的凳子上換燈泡，三公尺高摔下來，多處擦傷，幾天就沒事了。大約和我今天的情況差不多，我想今天的事如果發生在別人身上，可能躺在病床上了。

訪舊─艾斯巴東Espadon游泳池

(27/04/2006)

十九年來我們每天去晨泳的包賽東（Poseidon）關門大整修三個月，只好另覓別處，繼續每天的第一個活動。聖彼德（St.

Pierre）的體育中心是奧林匹克標準，每年三百六十五天開放，平時每逢節日包賽東關門就來這裡；但這次關的時間長，也在艾德拜克的艾斯巴東買了短期門票。

艾德拜克（Etterbeek）的艾斯巴東泳池和我們一家人有很深的交情，再來這裡「故地重遊」特別高興。幾年前這裡失火重建，煥然一新。上星期來在門前停車時，有個清潔工推個大垃圾筒出來，他本想把垃圾筒放在停車位，看見我要停車趕快退回去，把垃圾筒放在人行道一角。我認出他是老門房約翰（Jean），等停好車想和他打個招呼他已不見了。

重建的泳池非常摩登，更衣室、置物櫥、淋浴間都是最新設備，很多用電腦控制，但限於空間一切都小巧玲瓏。

求是文摘

1974 年 12 月我們的 Rose de Lune 玫瑰餐廳開張，同一時期這個體育中心落成，不久就成為這裡的常客，在這裡接受訓練，養成了終身不渝的習慣。先是大女兒衣玄參加訓練，我陪她來，也請教練特別指導每周三次，學了一年。第二年老二衣藍也開始受訓，她特別怕水，用了許多方法慢慢引她上路。之後鳳西也來學，老爸、覺民，連廚師都成了常客。游泳池的工作人員也是我們飯店的客人，主任以下秘書、教練、門房、清潔工人都成了朋友。

　　看門的約翰有一兒一女、老婆是清潔工、兒子是游泳教練，我們一家人都上過他的課；印象最深的是教練尚謨（Sam），阿拉伯血統，棕色皮膚很英俊，他是國家隊選手，教得最好，是衣玄的啟蒙老師。

　　這次重回故土，發現場地雖小，但管理非常好，工作人員態度親和；教練們看我是老手過來搭訕，很客氣有禮。淋浴出來找不到置物櫥的位置，剛好一個清潔婦在旁邊就問她，她接過我的鑰匙，帶我找到並替我打開門。在更衣間著裝時，聽見外面有管理員吩咐清潔工的工作非常仔細，等出來時已不見此人，就對售票員說：「你們這裡管理很好，工作人員親切熱情，我特別表示敬意」。她立刻叫我等一等，通知他們主任叫我去見見。我到他們辦公室原來是位太太，先恭喜這裡一切都好，再說我和這裡的淵源，沒等說完，她打斷了：「我認識你，你是玫瑰的老板」，原來她是當年的售票員。敘了些舊

事，問她約翰在那裏？想和他打個招呼。她說就在樓下門房你快去吧！

約翰說那天停車你戴了帽子沒認出來。

三年前他已退休，而且搬去法國邊界的房子，住了半年就覺得太不方便，左右沒鄰居，買包煙要跑好幾公里。就把房子賣了，搬回比京。這裡有事他們常找我幫忙，這棟建築我摸了它一輩子，每個螺絲釘我都清楚；又說他兒女都四十多歲，孫子都二十了。

衣玄夫妻帶了小光仙回家住了一周，中間兩次去艾斯巴東游泳，老教練抓住說個沒完，許多老人員都還認得；臨行去看主任 La Directrice，辦公人員都出來了，包括約翰的家人，很親熱；約翰的女兒凱蒂說：「黃先生我記得很清楚，有一年夏天，你給我一顆會跳的豆子，放在桌子上它就一跳一跳地跳下去了。」我想起來了，那是從墨西哥帶回來的跳豆（Jamping bean），一種蟲子外殼是個豆子，見熱就會跳；我帶回一盒到

處逗小孩。最後碰到玄的啟蒙教練Michel，最重要的游泳老師，他變成禿頂大胖子，有很多話，非常念舊。

老友老酒（二）
——五十年前的室友之會

(08/01/2006)

元旦這天我們從馬尼拉飛返臺北。一下飛機就和義燦聯絡，知道梅生夫婦次日到達，已訂兄弟飯店。他們明天的接風宴訂在「上海故事」，花蓮的旅遊也已排好，四日一早出發第二天晚上回來。這三個老友從大學相交，五十年迄未中斷，二

人間的見面是常事，三家聚會這還是第二遭（第一次是義燦的老二結婚）。難怪三個人興奮不已，都好像回到大學時代。

話說民國 45 年大三的三個學生從溫州街的第一宿舍，搬進潮州街的第三宿舍同一房間之內，朝夕相處無話不談。當時最幸運的是義燦，他有個表妹常來宿舍探望，就是齊琿如；風度優雅、待人親切和大家都談得來。至於梅生和我：一個是無家可歸，一個是有家歸不得，當然羨慕不已，可也從琿如那裏得到些關照，所以三家的交誼，琿如資格最深。

梅生曾在布魯賽爾住過幾年，定居香港以後往來倫敦也常路過比京，見面較多，我們一家又不斷返台，每次總要和義燦一家聚個沒完。回想這半個世紀三家的來往未嘗一日或間，有友如此三生何其有幸！

義燦高考及格留美深造，官運一路亨通，連任財經要津；出身空軍子弟、小心謹慎，處處履險如夷，退休後仍出任大企業的顧問，受人仰賴與敬重。至於梅生才高八斗，胸懷坦蕩，在校時跳舞打牌、遊遊蕩蕩，考試來了順手一揮，大過關一躍而過。留學美國轉來轉去，興之所至走進了古董一行，半生鑽研不綴，齊身世界級中國古器物學家；再從古物上的文字鑽研古文字學，每有傳世之作，他身兼幾個博物館顧問，而自己的收藏無可估計，去年參加倫敦 Sothesby's 拍賣，他的一件金銀器以七十萬英磅高價賣出。

　　至於黃某，三人中最為魯鈍，讀書時勤苦過關，畢業後學書不成、學劍不行，靠了祖上的蔭德一生隨遇而安，悠悠忽忽倒也安之如貽；老伴難免有些牢騷，兒女卻不以為老爸如何腐朽，稍慰！

　　這次的三家之會，各傾心中塊壘，尤其是三位賢內助牢騷盡吐，各人心中舒暢，並能互為借鑑，實為此次東方之行的最大收益，美景盛宴，還在其次。

　　有補述者，潮州街第三宿舍原住四人，另一個李立志後來搬出去才剩下我們三人，義燦熱心也把他夫婦找來參與盛會。

　　這一會既然如此有意義，他就訂了下次的歐洲同遊。

衛生老人──養生之道

（註：衛生一詞有清潔之意，衛生老人意謂愛清潔的老頭。）

(03/10/2005)

衛生老人姓名不詳，只知他出生在黃河上游的沙漠地帶，那一帶水貴如油，居民沒有洗澡的習慣，戲言：「一生只洗兩次澡，一是出生、二是入殮」。由於戰亂老人少小離家，先在黃河上下、大江南北逃亡，最後竟跑到台灣，台灣天熱，水源充沛，人們愛洗澡，他也愛上這玩意，從而樂此不疲、洗個不停。

老人自幼好學，到台灣也進了大學，還跑到歐洲留學哩！在大學宿舍遇到他們黃土高原來的老鄉，仍然保留著他們家鄉的習慣，對台灣來的洗個不停頗為不解。

老人也愛游泳，每天一早去鄰近的體育中心游泳，下水約半小時，之後淋浴，冷水熱水交替；洗髮劑、沐浴劑、護髮劑、各種營養品兼施，反覆沖洗完畢，著裝更衣，與泳池老友寒暄，哼著小調離去，真個是神清氣爽、愉快的一天開始。三十多年晨泳未嘗一日或間；即使出外旅行，也不輕易放棄。

八十年代初他遇到美國西部的吳醫師夫婦來歐洲義診，教人食療保健之方，非常精彩。他們夫婦都擁有多項博士頭銜，又深諳中醫道理，演詞深入淺出，所教方法簡單易行，老

人十分心儀，獲益良深。吳醫師說大便順暢是健康之本，每天最好兩三次。要想這樣、清晨醒來先吃水果，各種水果不拘，看你的方便，水果在先可把頭一天消化的食物排泄。老人信守其言，每天晨泳之前先飽餐水果。上午至少兩次如廁，非常順暢；早年中醫說他顯熱，大便常覺得意猶未盡，自從聽了吳醫師之言，每次如廁、點滴不存，算來也有十五年了。吳夫人的演詞更為精妙，近乎佛家的道理：她說健康比財富重要，比如你有一百萬（1,000,000.-）美元，你就是前面的那個一，一倒了只剩下零，多少零還是零。她教人要寬恕、要放寬心胸，每天要大笑幾聲。

老人曾習太極拳有年，後來發現佛家氣功，除了外在的運動還有內在的修為，由是改習佛家氣功。

少年時他患痔疾，曾住院開刀，出國後時發時愈，曾請教過醫院的專家，人家說：「你的情況最好的辦法是愛護它，大便後一定要清洗，發作時要忍耐，病人一詞 patient 就是忍耐之意」。由是奉行不誤。

二十年前老人患「牙周病」（亞洲人常犯的病、牙床不固、牙齒連續脫落）名醫判斷五年內牙齒全部掉光。後來找到一位出道不久的女醫，盡力維護，並配牙套，每失一齒就在牙套上補一假牙，醫囑飯後刷牙，晨起睡前也要刷，維持清潔是常遠辦法。迄今老牙多半尚在，各種食物咀嚼不成問題。

其實老人大部分時間都花在網絡上聯繫親友，電腦上塗塗寫寫，不斷送出一些不登大雅之作，偶爾見報、喜不自勝。室

內工作累了就到後院柏樹下打坐練功，或者院子除草、剪枝、做些家事再回屋繼續工作。

　　佛家氣功重在修心性：看淡名利、去掉世俗的一切執著，常常想著別人，與人為善。老人常記得小時候做童子軍「日行一善」，退休後閒來無事每天至少做一善事：你看他凌晨即起，刷牙洗臉後打坐練功；飽餐水果之後開車去游泳，路經地鐵站停下來去拿「Metro」小報帶到泳池供老友取閱；帶回家中分贈近鄰。每天刷牙五六次、大號二三次、清洗二三次、大浴一次、小淋浴不居（院中除草、剪枝汗透內衣、出外辦事也有汗流夾背之時，每汗必洗、必換內衣）。

　　這樣清潔衛生的老頭你見過幾個？

師父領進門—婷回國探親

(28/06/2005)

　　婉婷來比京兩年，今天和她的男友李罡結伴回國，看她的行程大部分時間留在家中與父母、祖母、姑姑等家人共度，回比前一周經瀋陽李罡家拜望，遄返比利時，這是國航的路線，不加費用。

　　回想當年辦出國手續千辛萬苦，來到比利時為了學業付出許多心血；可是這兩年下來卻是收穫豐滿，人也長大成熟，留學生中很少人能和她相比。她來時只念了四個月的法文，英文不過高中程度，計算機也只是入門而已，這三樣本領今天她已經有相當把握。比國的教育情況、社會結構、政治生態等等有了相當認識和應對能力，具有這樣的條件，再加上和樂負責的個性，清麗的儀容，遂成為許多工作爭聘的對象；我們原來補助她兩百歐元生活費用，兩年期滿就停止了，她走時手裡還存了點錢。

　　起初要辦她來比讀書，鳳西和她的親友都不贊成，她說：「我這麼大年紀還侍候一個獨生女！」這是她一貫的反應，到辦成了、來到後，她比我還熱心，住的房間是她精心佈置的，錢也是她主動增加的；這些心力都沒白費，漸漸地婷變成我們

最得力的助手：做二房東、替我們管理一棟老房子出租，計算機出狀況、新機器啟用等，家中有事一叫就到。

當然這兩年中矛盾也不是沒有過，必須及時溝通、及時化解，矛盾也可以變成良好的借鑑。人事無常，將來的事誰也難料，但截至目前對婷婷，我和鳳西都很滿意。

黃興浚二十出發從頭開始

(03/09/2006)

　　興浚是漢昌的兒子、漢昌是堂兄啟福大哥的三子。大哥在世時我答應他在孫子中選一個資質好的培植，他們選了興浚。從讀小學就叫他按時把學校的作業和考試成績寄給我，直接和我通信不斷。這孩子天賦中上等，學習不踏實。到了中學每況愈下，高中畢業、高考落第，重考依然不行。漢昌的長子興濤原來是家中棟梁，又遭車禍喪生，一家景況堪憐。想到哥嫂的重托，總希望能給這孩子找個出路。此子雖然考不上大學、又心浮氣躁，但頭腦靈活，語文根底、一般技藝都還不錯。

　　衣玄是自己的女兒、在香港走紅、和大陸上做大生意，關係很多，先托她試試，沒有下文。侄兒覺民在我們跟前長大，在香港做比利時跨國公司的駐港總經理，上海天津都有據點、托他安插個跑腿的工友，他直接說不行。我仍不死心。

　　東莞有個外資公司、員工四萬多人，總裁是我的至交，我也向他推薦、久無回音，本已不抱希望，想不到最近忽接他的來信，終於在這個外資工廠安排上工作。

　　據張總裁的解釋、這是香港註冊的日資高科技企業，主要生產電腦硬碟中一配件，讀寫磁頭。工廠設在廣東省，東莞市，高中畢業者新進公司只能做員工，而不能做辦公室職員。

求是文摘

但若有突出工作表現，就有機會獲得升遷，工資普通（民幣1000元左右）。公司對於學歷低者，還提供再進修機會。公司為初中生辦高中班，為高中生辦大專班。為大專生辦本科班，還有碩士班。均與外界教育機構合作。成績合格者，皆可得到相關證書。

事情很快敲定，黃興浚束裝就道，順利到達東莞，毓捷通知漢昌：

「興俊已安全抵達我們公司。賴小姐帶他到我辦公室見了面，談了一下。晚上我們一起吃飯。明天他就開始上班。公司會幫他安排宿舍。請放心。」

我寫了五個字的謝函給毓捷「盡在不言中」；寫一信給興浚：

> 興浚，
>
> 　為你謀這一職，動員了我各方面的關係，有這個結果是你的運氣、我的苦心。張先生和我肝膽之交，對你會特別關照，你可要好自為之。時時以黃氏子孫為念，是你的前途，而你是黃家的代表！三爺爺2006/08/07 Brussels

不久就接到他的來信如下：

三爺爺：

　　我是俊俊，托您老的福我來東莞已經20多天了。張總對我十分關照，吩咐了他的秘書將我的工作、生活等安排得很妥當。因此，我常生羨慕之心，羨慕你老與張總幾十年的友誼純粹深厚，歷久彌新；常懷感恩之心，感謝三爺爺為我的成長發展提供了優越的客觀條件。

　　我今年二十歲，早已跨入成年的行列，肩上的那份對自己，對家庭乃至對社會的責任使我常懷慚愧。在我少年時代，您常教育我怎樣做人，如何自立，對我充滿了期望。可是我並沒達到您的要求，青春的叛逆讓我心浮氣躁，對老一輩的教導往往口是而心非。現在我已經能夠理解您和家人對我的期望，也讓我能踏上了堅實的人生起點。我永遠不會忘記您老人家對我的教導與關愛。

　　親愛的三爺爺，我已經長大，懂得了父母的辛勞，創業的艱難，社會的殘酷，我不會讓您失望的。

　　我會經常與您聯繫，希望得到您的教誨。

　　向您和三奶奶送去最誠摯的問候和祝福，祝您二老身心永遠健康愉快。

您的孫子　黃興俊

2006.8.20

人物

其豐大姐

(14/12/2005)

最近接到龍大哥來信說：二月中旬他們乘遊輪遊歷了麻六甲海峽，所以我春節後，來台未遇並附了兩張相片，看來兩人都神清氣爽、容光煥發，比上次和鳳西一起來會時精神多了。

大姐姓嚴是我童年曲阜逃亂時代房東的長女，她父親當時是曲阜郵電局局長。家庭教育比較新，而我們那些親友都很保守，我姐姐和表姐們都斯文嫻靜，其豐天真活潑，又常和她那放肆無忌的表姐孔令璜在一起，所以私下裡都叫她小瘋（豐）子。

其豐的弟弟其璜（向東）小我一歲，是我的同窗好友，日軍佔領曲阜，學校關門，我們一起在袁怡如老師的家館讀書。袁老師大學畢業，什麼課都教，這個家館有十多個學生：包括孫九哥（錫鈞）、小麟哥（黃泰）、孫家和張家的姑娘們。向東和我成天玩在一起，我們就在他奶奶主持下磕頭結拜。

淪陷不久他們的父親嚴局長就逃到後方重慶，再不久他們姐弟妹也跟母親輾轉去和父親團聚，只留下奶奶在曲阜看家。

抗戰勝利不久其豐已是初長成的少女，一人回曲阜接祖母合家團聚；這時我們也早已回了老家寧陽，嚴家的消息是輾轉聽來的。

接著國共內戰正式展開，我和父兄再度逃亡，最後他們跑不動了，回家接受改造，我繼續南逃，到了廣州，曾經聽說其豐的爸爸在廣州郵電局任職，他們一家都在廣州，就冒然寫給向東一信，他很快就跑來流亡學生住的華夏中學找我，我們從童年分手，七八年後重逢變化可不小，都已長大成人。他在廣州讀高中，講一口廣東話，我雖然狠狽不堪卻高興不已。去他家會晤童年的房東，恍如隔世。一家人除了她父親都是我熟識的，奶奶好像還在，其豐這時已有男友，大約就是終生不渝的龍大哥吧？

我永遠是叫花子牽狗「玩心不退」，還從他們家借來麻將牌，在華夏中學聚賭，挑燈夜戰，風吹蠟燭不穩、就用鐵皮牌盒擋風，結果牌盒子薰黑了不察，還牌時把人家的牌都弄髒了。

不久我從軍來台，他們一家逃散了，父親帶著全家又回重慶，其豐和龍哥來到台灣，經過這一番變亂，再相逢時靈靈已經出世，我從南部的兵營去臺北探望，她抱著一歲多的女兒，請我吃小館子，還看了場電影。他們兩個都有安定的工作：大姐在內政部

結婚十週年紀念、哭十萬

做打字員，龍大哥在軍醫署做會計，景況很好，九哥曾說「其豐做了官太太」。這大約是民國 39 年，不久我考取陸軍通訊兵學校，到宜蘭通校受訓，來回經過臺北總要設法一敘。

等我進台大讀書，靈靈剛進小學，我還帶她和張毓敏去圓山動物園玩耍。其後每逢周末假日常去他們家做客，靈吟姐弟都叫舅舅，叫得很甜，連他們的鄰居都和我熟稔。我出國後，靈靈也大學畢業出國留學，她嫁給曲阜延聖公孔德成的堂弟孔德諒

，他們在加拿大結婚，我的好友陳耀祖（做過靈的老師）夫婦做了主婚人。德諒學地質，他們先定居加裏格瑞（Calgry）再遷居溫哥華。1980 年以後我因汽車生意曾多次去探望他們。

龍吟也在美國定居、生兒育女，大姐夫婦也常去美國看看兒女，但總難適應外國的生活，安居在臺北市。衣玄姐妹在台讀書時最喜歡吃姑姑做的菜，她們只知道這個親切的姑姑，而不知其淵源。

晚年兩人都信佛、非常虔誠。大陸開放探親以後他們多次返鄉探望雙方的家人，其豐的弟妹都健在，去年眾弟妹把老姐姐請回去團圓，是何等難得的團聚。

回想與大姐從童年結識，終生往來無間、情逾手足，人生苦短，轉眼都到了暮年。

求是文摘

舒梅生大使

(28/07/2006)

　　傅維新先生和夫人去美國訪舊，在紐約曾探望他的老上司舒大使，帶回一本他的近作「海燕之歌」借給我們拜讀，得以了解舒先生的近況；欣喜之餘，禁不住要攀一攀交情。

　　舒先生在比京主持台灣代表處（時稱「文化中心」）歷時九年，與僑胞關係密切。六四天安門事件爆發，人神共憤；我組織「後援會」抗議中共、支援學生。先生極力支持我辦的各項活動，從而建立了深厚的友情；他為人穩重，但對六四慘案也有青年人的激動。舒夫人陳穎琅系出名門、熱誠豪爽，僑胞都以「舒媽媽」稱之。他們在比國退休，準備在這裡養老，路易絲大道（Av. Louise）置產，我們繼續往來不斷。之後因子女均在美國，終於遷去紐約，定居法拉盛公寓，經常有書信往來。

　　舒大使人稱福將，一生順綏、無往不利。求學：一個小學、一個中學、一個大學；為官：外交折衝、宦海遨遊；生

活：一個老伴五十餘年、夫唱婦隨。夫人於 2002 年過世，想不到這位福星在愛情上繼續發光，天賜佳偶、又走上第二春。忝為後學舊識，衷心為他祝福。

在他大學時代中日戰爭吃緊，蔣總統號召青年從軍，毅然投筆從戎。戰後復學畢業，趕上第一屆高考，狀元及第；接著又趕上在大陸舉行的最後一屆留學考試、留學法國；夫人來會、二人便胼手胝足克服困難。1957 年以「聯合國與保護少數民族」論文，獲得巴黎大學最優法學博士學位，從而走上外交之途。

先生原籍江西永修，父親是一位恪守本份的公務員、母親是標準的賢妻良母，他有三個弟弟、一個妹妹，父母都重視兒女的教育、品格的修養。國民黨執政的時代對於公務員，尤其外交人員嚴禁與大陸上的家人連繫；直到退休以後才得聯絡上弟妹。其時父母早已去世。1991 年趕回南昌與家人團聚，為父母掃墓。「樹欲靜而風不止，子欲養而親不在」是先生最大的遺憾；所幸弟妹均能秉承父母的教誨，在困難的環境中奮鬥，各有所成，父母得到妥善似照顧，二老福壽雙全、兒孫繞膝、克享高齡。

我寫這篇短文依據「海燕之歌」的內容。這一本精裝細致的小書，應該是現代人著書的典範。外觀雅致輕巧、內容簡潔明快；簿簿的一本八十頁的小書包羅萬有、熱情洋溢。形態可以摹仿，文采是學不來的，古詩也好、新詩也好、對聯也好，無不典雅有致；而那一顆赤子之心、純真無忌的少年熱情，更是人間少有了。切看下面這首情詩「電話的等待」：

求是文摘

你是個大忙人
容許我打電話
一早一晚
一天才不過兩回

從早晨旭日東升
等到晚上彩霞滿天
才能撥那可愛的號碼
問一聲玉體可是康寧
從夕陽西下，萬家燈火
等到朝陽微明
才又能撥一次
問一聲睡眠可是安甜

一天二十四小時
時時刻刻望穿秋水
一通電話
萬丈深情
恨不得插翅高飛
飛到你的身邊

你能猜得出作者是幾年級嗎？

劉海北和席慕蓉

(30/04/2006)

　　席慕蓉這次回來、主要的是赴比利時本地老同學之約，四十年前的老友之會何其珍貴！她雖然停留兩三個星期之久，但行程排得滿滿。幸而蔣曉明給她安排了個老友聚會，選在加樂福的 Lunch Garden 非常理想。這一會真正是賓主盡歡、非常圓滿，不可不記。到會的有傅先生夫婦、蔣媽媽、曉安、曉英、陳之朗夫婦，客人是由她的學生彭美玲夫婦送來的；韓神父因為看顧一個老年病人不能分身，打來許多電話。

　　曉明是他們夫妻的媒人，常常引以為榮，一聽說她要來就開始籌劃，才有這個餐會。席慕蓉回國後在文學上的成就超過了她的繪畫藝術，她的散文清麗雋永、膾炙人口而名滿天下。我們只在報刊上看到他的行蹤，讀到他的文章，並沒有往來。近一兩年多次返台，聽說他們夫婦都動過手術在山中靜養，更不敢打擾。

　　去年我的回憶錄寫到劉海北和我在中國之家合作包餃子，以及在 ULB 校園裡他教我開車、叫大女兒衣玄「黃小鳥」等，禁不住抽印了兩頁寄給他，卻換來了一本他們姐（劉河北教授）弟兩人剛出版的譯著「愛因斯坦和畢卡索」兩個天才與二十世紀的文明歷程。

原著是驚世之作，我耐心地讀完他們的譯本，慨嘆文筆的流暢和態度的嚴謹。海北兄是物理學家，文采是家學淵源，誠如他大姐所說：「把 Ubu 從法文譯成愚不愚，可謂神來之筆」，他們這本好書肯定也會傳世。於是我和鳳西也各自回敬了一本散文集。

鳳西是皇冠的長期訂戶，在今年初的名家專欄裡讀到她寫給朋友關於「家」的追尋。她是那麼熱切、那麼執著、那麼無窮無盡。這次來歐洲還去匈亞利尋訪當年蒙古人西征留下的部落。她成為蒙古學的專家，到處演講、宣揚草原文化。我讀初中時地理老師講到塞外風光，記得有這樣的描述：「天蒼蒼、地茫茫，風吹草動見牛羊」。旁邊的這張相片正是她文章上的插圖[13]。

我彷彿看見蒙古高原上、煙塵滾滾中一個縱馬騁馳的蒙古騎士，來去無蹤；卻倏然來到你的面前，熱情地擁抱著你，悄悄地說：「劉海北和我都是你們二位的讀者」，是何等令人感動！可是她又一溜煙地跑了；就像那個大漠中的騎士、飄忽不見，留給老友們無限的思念。

---

[13]　皇冠128斯61頁「無言」護和攝。

寧陽三傑

(27/02/2006)

1949 年國民政府撤退到台灣，寧陽縣同鄉跟隨到台灣去的第一代大多已凋謝，第二代人中有三位成就傑出、又與我交往深厚，值得一記；當然第二代的寧陽同鄉中還有許多傑出之士，下列三位不過是我熟知的而已。

一、名畫家梁君午

2006 年 2 月 9 日與亞洲兄參觀中正紀念堂，這還是第一次來這裡。建築宏偉、佔地寬廣，在鬧區中有這樣一個殿堂，供人遊息瞻仰，也是大都市中不可缺少的一景。進入正廳，兩側有巨幅壁畫，在最醒目的位置赫然發現了梁君午的數幅巨作。包括了老總統的一生重要事蹟：如惠州之役，永豐艦之難、誓師北伐、抗戰勝利、古寧頭砲戰等等。

君午學畫有一個傳奇的經歷，早就聽鳳西說過，他是鳳西小時候的玩伴，他們都住眷村「明德新村」，都是官階很高的軍人子女。明德新村當時舞風很盛，他們又成為少年舞伴。君午自幼喜歡繪畫，從小夢想到西班牙學畫。他大學念工專，畢業後在台北憲兵隊服預備軍官役，奉派陽明山美軍顧問團團長蔡斯將軍官邸值勤。公餘之暇不停地習畫，他替蔡斯畫了一張

肖像，蔡非常欣賞，掛在他的客廳裡。有一天國防部長蔣經國來拜訪蔡斯，看到這張畫像大加讚美。蔡說畫家不是別人，就是門口值勤的梁班長。經國先生召見了君午問明他的家世和志願，就送他到西班牙學畫。

他一到西班牙就投入畢生嚮往的繪畫世界，埋頭鑽研，心無旁鶩，以至連蔣經國的關係也斷了聯繫。到他十年學成回國，竟然投效無門。只好再回西班牙走上職業畫家的艱苦之路。多年的拼搏從一個初出茅蘆的東方學子，擠入知名畫家之林、佔有一席之地。他以細膩的筆法擅長人像而知名。他為西牙的名人畫像，包括皇親國戚、政治領袖、富商貴冑。他的畫賣到歐美各國，名利雙收。台北中正紀念堂籌建之時，經國先生才忽然想起送去西班牙的憲兵班長來，這正是梁君午實至名歸的時候，他就奉召返國大顯身手。

二、得意門生張小東（22/01/2006）

12月18日（2005）在天母吳大哥家中作客，星期天台灣打國際電話免費，我心血來潮撥電話給香港的張毓捷，接通了。他問我人在那裏？我說台北天母，又問天母那裏？我說中山北路七段 56 號。他說我來看你吧？我們約好一個小時他來吳府看我。

原來一周前他在對面的振興醫院動手術，今天去複診，正好接到我的電話。二人真是有緣，世界各地到處碰頭；遠的不說，兩年前的香港之會就很絕：我們在香港打電話給他，他人在台北，我說這次見不到了，我們明天回比利時。他問幾點的飛機，我說下午四點，他說剛好我明天回去，咱們可以在機場某飯店吃午飯、送你們上飛機。第二天準時在飯店坐下，他太太復健醫師金春枝，從東皖帶了工廠的人馬來接，坐了滿滿一席。

　　我趕快打鳳西的手機把她找回來，毓捷也到了，三個人打開話匣子：張毓捷在事業上人稱「福將」，無往不利。在健康上竟也是福將，這次動手術逃過了一劫。原來近年健康出狀況，還動過小手術，最近腿疼的厲害，正好台北有熟人介紹他去振興檢查，一查才發現他的血管有九處阻塞，如不及時治療、隨時有生命的危險。振興有最權威的醫生和最新的儀器，打通了九個關節；他可以在電腦螢幕上看見施工的情況，每至一關火花四濺，阻塞嚴重之處、反覆鑽探，直至最後全部暢通，他就豁然而癒，腿也不疼了；而且一旦通了，完全恢復舊觀。

　　可是我這位老弟，雖然精神奕奕，卻已銀髮皚皚，不禁叫我想起我們這一生的交往。他稱我「黃老師」，迄未改口，我稱他父母為「叔嬸」，我們是同鄉世誼。他父親名振東，家人叫他小東。從初二開始我便做他的家庭教師，他念的初中不理想，我幫他補習功課，要考上個理想的高中。我不光在他家中上課而且帶他去圖書館和我一起讀書。他考高中，我考高考檢定，二人並肩作戰，雙雙告捷。他進了台北最好的建國中學，

求是文摘

我通過了高考檢定。這之後我就無能再指導他的功課，但卻常有機會並肩作戰，像他考大學（台大電機），我考法官……。他父母常把眷村的房子空出來作我們奮戰的戰場，中午吃他母親做好的菜飯，晚上常去吃龍江街口的豬手麵（前蹄為手）。星期假日家中不靜，二人又常去鄰近的法商學院空教室苦讀。那些年的交往中他也接受了台大法學院的五四精神。

出國留學順利拿了學位，工作一帆風順，最後做了 IBM 亞洲區總裁，坐鎮香港多年，退休後又受全仁之邀、借重他的亞洲經驗在東皖投資設廠，開張以來利潤滾滾，員工四萬多人，難怪有福將之譽；可是這次病癒後有倦勤之意，已在規劃他的退休生活。

三、名教授苑舉正

苑舉正東海大學政治系畢業，與同班同學韓慧泉相愛數年而成婚配，我適逢其會，在台北參加了他們的婚禮，得知他們要去魯汶深造，手續都已辦好，即將起程。1985年8月22日，我準時去布魯賽爾機場接到他們夫妻送去老魯汶。他們是有備而來，宿舍早已訂妥，連街道環境也都了然於胸，很快進入了讀書環境。

老魯汶是荷文區，研究生可用英文讀學位，外國來的留學生很少人學法文、學荷蘭文；1995年我和鳳西參加了舉正的博士論文辯論會。他以英文答辯口若懸河，拿了優異的成績（Grand distinction）。山東人尤其甯陽縣人一向口拙，苑舉正是異數，他旅比十年生下一男一女，拿了博士學位，不算特殊，荷蘭文和法文都朗朗上口，旅比學人中還不多見；至於慧泉雖然沒拿博士但語文的造就不輸乃夫，回國後服務國家歷史博物館，主持外事，又常為政府各部門所借重。

　　舉正回國後先在母校東海大學任教，後又在政大兼課，最近又被台灣大學哲學系羅致為專任教授。

　　他們三人雖然生長在海外，都有幾分甯陽人的「甯勁」（遇事執著）；但與洋人相處又能揮灑自如，非常難得。

　　台灣開放大陸探親，1989年苑大叔帶女兒佩芬由台北經比利時，舉正陪老父返鄉探望闊別四十年的妹妹及子女。

求是文摘

謝凡神父

(18/04/2005)

　　1966 年夏天，謝凡神父到台北。他當時是魯汶中國之家的指導司鐸；我已拿到大學獎學金正等簽證。他到文大作客，我去看他，他說中國同學去年的考試成績很好，有人特別優異（指施光）拿到大學獎學金（原來自費），這是初識。

　　第一年住中國之家和他接觸很多，還常常同桌共餐，他的語文能力很強，法文流暢不必說，英文也很流利，其他德文、荷文都可以應對自如。初到時聽他用法文講過兩個笑話，我曾熟記並翻版：

　　其一：火車站售票口買票者說：「une premiere」（一張頭等票），賣票的回答：「une seconde」，（二等、也是等一下之意）。「我要頭等你怎麼說二等」，對方：「我是叫你等一等不行嗎？」大吵起來。

　　其二：布魯賽爾開往列日的火車，一位乘客對車掌說：「我到魯汶下車，必須睡一下，你到時候叫我」，邊說邊把十元比郎塞他手裡。這個人倒頭就睡了，等他一覺醒來到列日 Liege 了，抓住車掌大罵；他走後別人安慰車掌對他說：「這個人好兇啊！」車掌說：「真兇的人你還沒看見哩！在魯汶

時，我把那人叫醒推下車去，他幾乎要殺我！」原來是他弄錯了人。

謝神父接了台灣的職務，離比赴台，同學們辦了個旅遊為他餞行。他乘船走的，在船上寫一篇散文〈海上歸人〉，在中副發表，中文也是高手。他既然如此文彩風流，相貌倜儻，自然不適合做一輩子天主教神父，後來終於遇到紅顏知己而成婚配。結婚之日，在台灣的魯汶校友都來慶賀。之後他轉到政大執教，並皈依摩門教，繼續為上帝服務。

伍楚嬋老太

(16/06/2005)

　　伍楚嬋，廣東潮安歸湖鄉伍家村人，出身地主家庭。幼年時，父兄都在泰國創業，家中有母親和嫂嫂，生活富裕。日本侵華、抗日戰起，日軍節節進攻，汕頭、潮安相繼淪陷，對外交通斷絕，全家生活陷入困境，常以草根樹葉充飢維生。

　　熬過艱苦的八年抗戰，日本投降，全國光復，海外的父兄再與家中取得聯繫，生活漸趨安定。這時她已長成年華少女，乃與李姓青年結婚，夫妻恩愛。可惜好景不常，國共內戰爆發，戰火燎原；國民政府徵兵，二丁抽一、三丁抽二，婚後一年三個月、他丈夫出走越南，投奔他的姨母避難。姨母家生活不易、兩年後再轉去寮國謀生，景況逐漸好轉。

　　1949 年國民黨退守台灣，共產黨宣佈新中國建立，運動接踵而來，清算鬥爭、六房大院遭沒收，一家老小五口擠入一間破屋之中，日夜不停地公審批鬥。地、富、反、壞、右都是剝削請階級，剝削人民的血汗，要他們償還人民的血債。李村有二百餘戶，其中八十多戶是壞分子；外僑寄來的養家費也全部沒收。惡霸官僚當道，把大人趕到田野作苦役，小孩無人照管，無飯可吃、活活餓死。八十歲的老祖母餓死了，姑媽受刑不過，投河自盡，無人收屍。這種日子（大躍進、三面紅旗）

持續了兩年多，劉少奇上台（1960）政策寬鬆了一點，外僑寄款自己可以領到，個人也可以勞動賺錢。她就到深山採草藥，挑到潮安城裡賣錢。上山二百階，採藥五十斤，挑到潮安城，來回八十里，一家人勉強過活。

到六十年代初，她終於獲得批准出國依親，到寮國[14]找到丈夫李某；可是他已經另娶小老婆，生了孩子，只好共事一夫，她們兩個女人拼命工作，老李遊手好閒，經常外出，每次回家下種後就走，兩個婦人都生下七、八個子女。

這期間她先為人打工，後來自己做買賣，最後買下一間雜貨店，生意興隆。可憐不到三年共產黨又來了，這一回最慘，共軍沒收了她的店鋪和全部心血積累的財富，她隻身逃到泰國，在難民營中獲得比利時基督教會的救助到比利時，轉眼二十多年。

伍楚嬋到泰國後一心向佛，改名伍普量。她的兒女眾多，不少逃到歐洲、美國，在一方安居樂業，各有成就，對她孝順有加。

這是她和比利時友人在 Tenerife 旅遊的相片

---

[14] Laos，東南亞小國、介於越、泰、柬之間，面積二千多平方里、人口四百萬，原為法國的保護國，1949年獨立（Larousse）。

初識陸錦林—Lu Jinlin Tenerife

(19/06/2005)

以前和陸教授有過數面之緣，都是在歐洲華人的集會上，沒深談過；倒是鳳西和他較熟，那是由於她是歐洲華人作協的秘書長，而他是西班牙的會員，常有來往之故。

陸錦林在西班牙留學，到德奈瑞福島 Tenerife 創業，開飯店起家，事業穩定以後再反攻學術，進拉固那大學做了三十多年的政治學教授，迄今每周九小時的課，明年退休。最難能可貴的是並未放下事業上的發展，他擁有九家中國飯店、貿易公司、房地產，島上無人不知陸教授，不止中國人，許多當地的官員、商業界人士都是他的學生，他教憲法、行政法、商法，桃李遍小島。我們的旅行團中午住進旅館，鳳西和他電約次日來旅館見面，他帶我們作一日遊。第二天準時來到，他春風如舊，坐上他的賓士，一面兜風一面聽他講述自己的故事。他為人豪朗，無話不談，於是對他的生平有進一步的了解。

原來民國 38 年大陸撤退時他未能隨父來台，直到 1954 年才輾轉逃出大陸到了澳門，在那裏遇到一位當地的淑女，一見鍾情並結為夫妻，他在台灣完成大學學業，接著到西班牙留學，修到博士學位並創業、生兒育女，多虧這個賢內助。夫妻恩愛，擁有兩男一女，家庭和樂。

　　中國人到國外留學創業，無論是從台灣出來還是大陸出來，在學術上或事業上成功的例子很多；先在事業上有成、再回攻學術的並不多見。另外，在西班牙僑界，他也一直是個領導者，每年歐華年會一定到場，並為華僑的權益力爭到底。常見他在會中侃侃而談，直言無忌，印象深刻。

　　逛到中午，他帶我們進一家有名的海鮮店，臨窗就是個小漁港。他是常客，點了豐盛的一桌，開一瓶西班牙好酒 Torras，這個酒也是我們熟知的。飯後又轉了幾處，在一家冰店停下來，店東是個美麗的少女，見面就稱陸教授，他自己也是一楞，原來是個畢業生，學生眾多，認出老師容易，老師認學生難。下午三點，他送我倆回旅館。

求是文摘

懷　人

弔胡師
——追念恩師胡品清教授

　　胡老師和我們這一批受她啟蒙的學生與文大的創校經過是分不開的。我們這一批受她調教的學生，雖然不盡是她的精英學子，但卻是她終生不忘、往來無間的親信。

　　1962 年張其昀先生創辦中國文化學院（原已命名「遠東大學」被老總統改了），借用陽明山莊招考第一屆八十名研究生。這是張先生個人的宏願：「陽明講學承中華之道統」、「振衣千刃岡、濯足萬里流」，陽明山莊的日子很有古之先賢書院講學的餘韻。

　　八十個研究生分屬十二個學門，每人選修一門第二外語，大約十來人選了胡師的法文。她教學認真而嚴厲，大家學習也起勁（這個時期可上的課很少），打下良好的基礎。有人在三個月之內寫一篇百多字的作文滿分，連標點符號都沒錯，她就是李萍子，師大歐語中心主任，終身致力法語教學。她的先生朱諶教授也是這一組的學生，其他還有林享能、黃貴美、賀敏琳、劉琦言、高準等人；邱榮男晚一年也曾同堂上課。

　　研究生和大學部法文系經胡老師培育的法文人才輩出，在外交界和其他法文領域都有優越的表現；但胡老師最專精的文

藝領域卻很少有人觸及（但願我有所不知）：她那深厚的國學修養、電光火石般的靈感、不食人間煙火的文風、下筆如行之流水，把中、英、法三種語言文字融於一爐，譜寫出大量的不朽絕句，這都是學不來的。

從 1962 年她住到陽明山，一兩年後就定居在她的「香水樓」裡，生活是安定的、感情是豐沛的，而經濟起飛、商業競爭的社會發展，使她成為出版業者的貴賓，這些年她出版了多少本書？很難數清楚。她的「最後的愛神木」中有一份胡品清作品書目可供參考，1997 年台灣出版家統計在七十本以上。

1997 年她榮獲法國政府頒贈的「棕櫚飾學術騎士勛章。1998年再獲法國文化部頒贈的一級文藝軍官勛章。

她早年旅法時期法譯的「中國古詩選」和「中國新詩選」都由聯合國教科文組織出版，英文著作「李清照評傳」和英譯「漱玉詞」等均在紐約出版，而最近法譯的「唐詩三百首」在北京出版。北京圖書館正整理她的全集，「唐詩三百首」正在北京展覽。據最新的統計她的著述在一百一十本以上。

胡老師是唯美的空谷幽蘭、華岡頂峰的一顆臨風玉樹，半個世紀她以搖曳之姿蹁躚於陽明山徑，如今卻倏忽不見，給後人留下如此豐厚的文化財富；給她的學生和親友留下無盡的思念。

黃泰父子墓

(30/12/2005)

1957 年德麟大叔在台灣去世，我曾在他靈前許願，只要我能重返家園一定要帶他歸葬故里。1977 年冬我從比利時第一次回鄉探母，請陪同的董同志找黃泰大哥來招待所見面，這時公安機關到處有竊聽設備，兄弟相見只講大叔病逝的經過，也告訴他下次再回來，想把大叔的骨灰帶回來埋葬，他不置可否。

不久我去台灣從台北郊外圓通寺的靈骨塔請出骨灰罈子，改裝在一個塑膠袋裡，辦好攜帶手續，帶到比國家中供奉在閣樓上。

1979 年夏天我和鳳西一同回鄉，帶著大叔的骨灰，在北京換裝一個精致的漆盒，帶回寧陽。這時四人幫早已倒台，政治氣氛寬鬆舒暢。再度與泰哥見面，兄弟徹夜暢談，他已獲得平反，又回到東莊糧所工作，有一棟寬敞的房舍，可是妻兒都已一去不返。他收養了一個義子，取名黃峰，也給他討了老婆，夫妻很能幹，接了他的班，也生了兒子。薪資下來一括腦交給兒子，他只管種花養鳥，抽煙喝酒，帶孫子黃淦在莊頭散步。他見識高、文筆好、村子裡大小事都找他商量，晚景非常安逸。

求是文摘

2000 年 9 月我再返鄉探訪故舊，大哥已過世年餘，我帶了泰哥糧所的老同事、會玲的公婆朱大哥嫂同行。兩年前來時院子裡有花有鳥，如今花鳥不再，庭院變成廠房，原來黃峰承包了一個麵粉工廠。我們乘坐黃峰的送貨車去墓地，山坡路很難走，開了半個多小時，到了一片墓地。中間修兩座墳墓，以兒孫黃峰的名義立的，碑文典雅。右首是德麟叔的、橫聯是「山高水長」；左首是黃泰大哥寫著「永言孝思」。背山、面對原野群羊，氣象甚好。這十多畝地是向政府買下來的，有字據。

　　黃峰有頭腦，承包的面粉廠效益好，才辦了這些事。在安葬前的喪禮也辦的很隆重，他原來的兄弟們（領養前）都來披麻帶孝，黃恆姐弟也來參加了喪禮。

黃瑞章先生

(22/02/2006)

　　先生廣東台山華僑世家，早歲留學日本，習化學。1928 年轉入比利時自由大學繼續學業，後進啤酒工廠實習、繼而正式工作。1936 年與比國淑女達姆斯（Germaine DAEMS）結婚，並與其內弟 M. Daems 先生合創比利時傳統手工藝織錦工廠，產品暢銷歐美，僱工四、五十人。歐戰期間工廠一度關閉，先生趁此閒暇入皇家藝術學院隨巴斯儉 Alfred Bastien 教授習油畫。戰後工廠復工，景況一直很好，迄至 1973 年夫人病故，而先生亦屆退休之年，工廠即轉售晚輩經營。

　　先生無子女，夫婦都是虔誠的天主教徒，退休後在傑克大道（Bd. General Jacques）置產，每天去附近 La Cambre 教堂望彌撒，鄰近的湖邊散步。

　　1970 年前後鳳西在中華民國駐比文化參事處當僱員、黃老常去那裏找傅專員聊天，黃老為人熱誠、坦蕩、好交朋友，我們從他那裡聽到到許多掌故，大都是正面的。

　　幾年前鳳西接受台灣卡門藝術中心的委託、研究畫家沙耆在比利時的十年歲月，常向黃老請益，因為他是惟一曾與沙耆有交往的中國人，而且知之甚深。這時他的夫人已故，夫人的表妹蜜粟也寡居，二人相知已久，就請黃老搬去她家住在一

起，互有照應；他就處理了自己的房子，搬到她家裡（Av. Aug. Rodin 35, 1050 Bxl）。這是一棟鬧中取靜的老房子，內部裝潢古香古色；客廳寬敞，有牌桌、有沙龍、還有陽台；臥室各有衛生設備，二人各住一層；地下室的酒庫各有寶藏。二人經常出外散步、購物、吃館子、請朋友來打牌、品酒；黃老玩古票多年，日子過得很悠遊。

大約兩年前、浙江電視台有位女記者亞妮來比國採訪沙耆的足跡、找到鳳西，請她聯繫黃老先生登門採訪，他們欣然接受。記者帶著她的攝影師到達他們的住宅，兩位老人盛裝以待，開了名酒招待訪客，黃老侃侃而談、指手劃足，言詞順暢、動作自如，記者成功地錄製了這次的訪問。

可是前些時（avril 2005）蜜粟忽然急病住院醫治，幾乎送命，病癒後療養必須有人照顧，不能再回老房子，她的姪兒菲利浦（Philip Le Croix）好不容易找到這家老人院（Residence Grand Chemin 53, LASNE），這是比京近郊遠離塵囂很清幽的一個區域。院內設備周全：有住院醫生、護士，一日三餐伙食非常好，全部費用每月 6 萬比郎，我們見過許多老人院，這裡的條件最好價位便宜；而且他們二人的親屬也都住在附近，便於探望。

可是幾天不見黃老的變化很大：他的背彎成九十度，人縮小了一半。他一再抱怨這裡太貴，他要換到另外一家，比這裡便宜。他房裡什麼都沒有，原來他總是呆在蜜粟房裡；她看起來好多了。告訴我們她死裡逃生的經過；她把主要的用具包

括地毯都搬來了；一再表示她要趕緊恢復健康，好和他再過幾年好日子。黃老有點大男人主義，她總是百依百順的，令人感動；可是菲利浦有些牢騷：他那麼多錢留給誰？他的銀行戶頭只許進不許出，人越老越財迷，還念念不忘他的股票哩！人老了大都如此，黃老對於錢財的態度並不特別。可是他未能再活多久，一個月以後就走了，錢財帶不走，還不是由人來處理。

張寧和先生

(1926-2005)

張寧和先生安徽合肥世家，父親張冀牖民初聞人，生四女六男，以「和」字輩為名：姊妹為：元和、兆和、充和、允和；兄弟為：寰和、定和、宗和、寅和、

129. 姊妹兄弟十人，左起：前排，充、允、元、兆，后排：宇、宇、寰、宗、定、寶（1946 年 7 月上海）。

宇和、寧和。各有專長：大姊元和崑曲專家、適崑曲奇才顧傳介（志成），二姊兆和就是名作家沈從文之妻。寧和最小、自幼愛好音樂，專攻小提琴。1926 年生，十八歲去巴黎留學，結識比利時淑女，結為夫妻，終身相愛。

巴黎學成後，攜眷回國，雙雙任教於北京音樂學院。文革初起以夫人關係申請來比，幾經奮鬥雙雙入比利時皇家樂團擔任小提琴首座，任職終身。二人在巴黎一見傾心，青春年少結為夫妻，終身不渝；同樣對於音樂的執著亦如其愛情，而能終身生活其中，實乃人間仙侶。

先生為人瘦弱短小，而智計百出，心胸坦蕩、敢作敢為；夫人身高體健而性情柔順，凡事先生領頭衝鋒陷陣，夫人則緊隨其後，盡力配合。

認識張先生也在七〇年代初，他們樂於助人、尤其對於提攜後進不遺餘力，曾經不止一次邀我們協助國內來比參加伊利沙白皇后音樂大賽的選手、或前來留學的學生；但真正深層的交往是在他們退休以後。他們夫婦喜歡吃中國飯，常請他們來舍下吃飯聊天；張先生必定回請我們吃「北京美食」的活魚。歡敘中常聽他講述許多珍聞；鳳西的母親是合肥戴家，與張家同為八大家之一，而且還能敘出親戚。

幾年前張先生害了胃癌，手術後人瘦得一身骨頭，但精神很好，健談如常，身體虛弱，出入都由夫人抱來抱去，汽車代步就成為必須。女兒住巴黎，有時夫人也開去巴黎。2005 年春我們旅行歸來，聽說先生已故，不勝唏噓。先生病危期間適有故人商琪玲擔任護理，多所照顧。乃安排一天請她們來家一敘。張夫人精神已平復，有兒女環伺，晚景泰然。

求是文摘

蔣德修先生

(1918-2005)

　　先生祖籍浙江海寧望族，抗日戰起，投筆從戎，入空軍地勤管理財務。勝利後駐防瀋陽結識銀行任職的日籍冀美明女士，郎才女貌遂成眷屬。1949 年隨軍撤退來台，並曾赴美受訓，1963 年四十五歲以空軍上校退役。次年應其堂姑母蔣華之聘請來比經營飯店，不久即接家人來比團聚、三女一子均在比國受良好教育。1966 年創辦龍宮餐廳，盛極一時。先生熱心僑社服務參與籌辦各項慶典活動。華僑餐館同業公會及華僑中山小學之創設，均為主要推動者，其他社團之建立如「六四民運後援會」、「長青會」、「退伍軍人榮光會」等等、無不熱心投入並兼管其財務。退休后常年擔任中山學校義工，管理財務，按時到校上班，長達十五年之久。

蔣德修先生之喪（11/10/2005）

　　蔣公德修忠黨愛國，熱心奉獻僑社活動四十餘年，他的葬禮聚集了各界僑胞。人數之眾多、禮儀之隆重、家屬答謝之誠懇、種種安排洽到好處，給人留下深刻的印象。

董家公先生

(26/01/2006)

　　董家公先生山東昌邑縣人，1922 年生，1947 年大學畢業後派來台灣省鐵路局工作，未及接眷大陸變色，音信斷絕。這是一個戰亂中家庭離散、悲歡離合的感人故事，我親身參與了這個家庭的重聚工作，值得記述。

　　迫於形勢，董先生的前妻帶著初生的兒子改嫁呂某人，孩子隨繼父姓呂名長明，得受良好的教育。呂長明娶妻黃新就是我二哥的長女。我從 1977 年起經常返鄉探母，姪女和女婿每次都來團聚，呂長明叫得順口。大約八〇年代初，姪女忽然託我找尋長明的父親董先生。我託台北的龔亞洲兄設法尋找。亞洲翻開電話簿姓董的一頁從頭問下去，終於問到一位董家公的本家，他說你幸而沒打到董先生家，否則會惹出麻煩。原來董家公在台成家，大陸有妻子的事一直瞞著現在的夫人。此人傳信給董家公找龔先生聯絡。從此他就與大陸上的家人通信匯款都用龔先生的地址。數年之後台灣的董夫人才得知真相，三、四十年的夫妻、兩個女兒都在美國成家立業，也就算了。最初我們去台北董先生還悄悄地與我們會面，之後他就帶著夫人來歡宴我們。台灣開放大陸探親，他先回去把兒子認領歸宗，恢復原名董新河，再去老家探望兒

弟家人。最後兩次帶著夫人、女兒女婿與兒子新河一家（兩個孫子：海東、海鵬）在威海團聚。兩岸三地（美）的董氏家人都有美滿的家庭，其樂融融。

蘇佩言先生

(26/01/2006)

原籍兗州的蘇佩言先生和黃家是遠親世交，見聞廣博，尤其熟知家鄉的掌故。蘇先生隻身來台，在高雄市社會局任職一生。德麟大叔在高雄執教，二人既是老親，又都隻身流寓，往來甚多。大叔入院動手術，我和他二人守護數日，直至辦完後事。他是亞洲兄的舅公，來台北多由亞洲接待，我也多了親近的機會。我在海外為親友聯繫家人，為他找到了兒子。台灣開放大陸探親他已八十多歲、終能返鄉一探，還特別跑去寧陽看望我母親。

他講過一件先祖黃尚燦的逸聞，謹誌如下：

> 尚燦公性情豪爽、肝膽照人，但不善理財。有一年到了年底需錢孔急，想向親朋以「打會」方式借款。他治備了兩桌酒席，請了兩桌客人，到時候只到了自己的兄長至親幾人，主要邀請的人物都沒來。他在門口張望心情沮喪萬分；忽聽有人從東門走來，到了近前原來是個過路求宿的外鄉人。把他請到家中上茶一談、非常投契。這是一位江南來的走方郎中。黃尚燦吩咐開席，把

家人也叫出來陪客，開懷暢飲，賓主盡歡；再收拾床鋪安排客人歇息。

第二天兩人繼續傾談，這位江南客胸懷萬有，二人越談越投機，又把第二桌酒席開上來。席間客人說，承蒙不棄、一見如故，這般寬待，思有一報，在下有一特長就是善觀風水陽宅，我要為你選一處好的墓地。

一連三天兩人在附近游走，觀察形勢，選定了一塊田地，客問這塊地能不能買下來？碰巧就是他家的。客人仔細地丈量一番，插上一根竹竿說：「先生百年之後就葬在此處，要等兩代，你的孫子必成大器！」

求是文摘

記事

老伴去開會

(13/03/2006)

　　世界華文作協在澳門開年會，這個會大約兩、三年一次，要看符老哥化緣的運氣。今年的施主是澳門的大企業家，所以在澳門舉行。每個國家或地區都有一位代表出席。老伴是歐洲作協的秘書長，所有歐洲各國的代表都由她聯繫：誰出席？怎麼來？旅館分配、旅費補助等等；她只受命聯繫已受邀請的代表、彙報總會。

　　自從她接了這個差事，我們家的電話、傳真、電子郵件、就沒停過。有些人沒有時差觀念，拿起電話就打，人家那裏凌晨二時。有人發傳真以為不用講話不吵人，其實傳真也要電話鈴響，一樣擾人清夢。張三是個優秀作家，但路途特遠、經濟情況不好，有出席困難，又要和總部商量，能否額外補助？李四要帶家眷、包括丈母娘，費用自理但得安排旅館……。一切漸漸就緒，忽然有人不能來了，可是你已經佔了名額，臨時取消肯定增加麻煩，這叫辦事的人好不惱火，她火了旁邊的人躲都來不及。

　　終於問題都擺平，她愉快地起程了。看她辦好登機手續，在閘口揮別，如釋重負。開車回家一路陽光普照，大有春暖花開的味道，其實前兩天還下雪、風風雨雨一直是零下幾度。

求是文摘

女兒和侄兒都在香港工作，她去了不乏人照應。送她走後就給他們發了以下的電訊：

　　女兒，

　　媽已經登機，一到香港覺民接了她就去你們家。我剛才送她回來，今天天氣特別好，熱烘烘的太陽，叫人忘了幾天以來的風雨冰霜。

　　她把所有的事都辦好，你要的東西都買齊，所以走得輕鬆愉快。她這些天忙得發火，主要的是為別人（歐洲各國的代表）做的各種安排，太複雜了，虧她有這個興趣。每次出門留我一人在家，她總給我囤糧（做些吃的）：蒸了飽子、花卷，炒了炸醬、八寶辣醬、買齊了早餐我喜歡那些外國東西和水果……等等。

　　趕上邊江昨天中午、衣藍一家晚上來吃飯，她怕動我的存糧又去買菜，再蒸飽子。邊江和麗蓓離婚了，是麗蓓主動的。我們早就邀邊江來談談，他選在媽出發前一天來了，談得很好，他仍然愛麗蓓，但很理解同情、也看得開。二人作了合理的安排，讓兩個雙胞胎兒子不感覺損失了什麼。聰明人到底不同，第二春有何不好！

　　衣藍三口來大吃一頓，媽看他們吃得那麼甜，很開心。他們不過意把廚房弄乾淨才走。媽媽被慣（寵）壞了，沒規矩。爸

鳳西的演唱會

(05/03/2006)

鳳西跟林惠萍老師學聲樂有三年多了。惠萍是台灣音樂系出身，比利時皇家音樂學院畢業，成績優異。年紀輕輕在音樂上的成就、和做人處世的修養上、得到親友和學生的敬愛。鳳西跟她學唱非常認真努力、也自得其樂。

去年林老師為她的學生們開過一個演唱會是大眾化的，鳳西的演出最為成功，得到更大的鼓舞。這次的演唱會是專門為她和傅維新先生舉辦的。聽眾只有演出者自己邀請幾位好友，就在老師家中上課的地方舉行。

傅先生八十歲了，他學唱歌是個奇蹟、令人感動。去年的演唱會他是個聽眾，林老師介紹她的一個家庭主婦學生說：「她不懂樂理、不識樂譜，忽然想學唱歌，大家聽聽她一年來的成績」。這個學生的演出給他莫大的誘惑。

他做了一輩子的文化工作，都是為人作嫁，現在閒來無事何不也來學唱。於是他也拜師了，做了鳳西的學弟。可是他既不識豆芽菜、也不認得數字的簡譜，全憑記憶，用土法學戲工

夫、漸漸上路。一年下來他學會了用丹田呼吸、肚子發音的技巧，背會了幾十首名曲。

林老師特別請來琴師曾增譯伴奏，也是台灣來的皇家音樂學院的高才生。青年英俊，伴奏熟練、性情隨合，今年才二十六歲。小小的音樂會非常慎重，上個星期日踩排，只有兩位家長、傅太太和黃先生參加，仍然鄭重演出，會後老師請客在中國城酒樓擺一桌宴席。

三月五日正式的音樂會、會場由周禮強夫婦頭一天來布置，煥然一新。聽眾不過二十人，鮮花擺滿，演出成功圓滿。林老師準備了小酒會，之後演出者請大家到流浪子飯店聚餐，盡歡而散。

丙戌年春節家聚祭祖

(Samedi 28/01/2006)

鳳西興致很濃，幾天以來就開始準備，做了很多吃的，跑來跑去採購，最後再專程去了城中心的「金源中國超市」採購。我盡力配合，只做點打雜及清理工作。今年人口多，衣藍一家三口、新民他們去法國看麗梅，頭天回來，把麗梅的男朋友謝聰也帶來變成七口。邀上好友陳銚父子，陳兄剛從台北返比來湊個熱、祭祖後打牌多個幫手。他從台灣帶來了一幅新對聯和「福」字，增色不少。

一切進行如儀，二百個餃子是大勇的媳婦劉艷包的。雲華帶來許多菜，新民帶來一瓶法國老酒 1989 St. Emillion、陳兄的高等香檳，鳳西幾天來的拿手的菜肴都擺上來。婷打周末工、李罡去接她盡早來但仍未趕上照相。八點鐘開飯，飯後祭祖辭歲，分壓歲錢，婷和李罡也到了。兩桌麻將，年輕的一桌吵成一團，今年特別熱鬧。

求是文摘

雜文

談電影

(08/02/2004)

一、今天的電影

今天星期日（08/02/2004）上午游泳、練功；午飯後老伴提議去看「再見，列寧！」。這是德國人拍的電影，很樸實感人。沒有知名的巨星、沒有豪華的場景，但引人入勝、真情感人，得了很多大獎，劇情如下：

> 冷戰時代的柏林分割為東西兩個陣營：東柏林屬共產陣營，西柏林屬西方民主卻在東德的領域，中間有高大的圍牆、森嚴的警戒。東柏林的醫生王某到西柏林開國際醫學會，乘機潛逃，留在西德，他寫了許多信給老婆兒女，要接他們來西柏林團聚；可是她老婆卻是個列寧的信徒、極端的共產主義者，深以丈夫的行徑為恥。編了許多謊言維持黨的威信，一天她癱瘓在床，兒子為了維持母親的信仰製作了假新聞，不讓她知道共黨破滅、圍牆傾倒、列寧的雕像被吊車拖走、東西德合一的事實。王婆病危希望見丈夫最後一面，兒子搭計程車把老王找來，東西已經合為一個城市，來回不過二小時。

夫妻重逢恍如隔世，其實就只有數里之遙。窗外煙花滿天、全城歡慶合一，王婆帶著列寧的美夢離開人世。

故事描寫人性、親情、愛情、友情、人道……，自然平實，給人留下深刻的記憶；沒有好萊塢老電影那麼豪壯，也沒有時下流行的科幻奇巧，像最近上演的「國王的戒指」（King's Ring, Impossible Mission）等美國片、看起來熱鬧，看過就忘了，不能令人回味無窮。

二、最早的電影

我們一家人都愛看電影，尤其老伴是片就看；女兒和我各有選擇，我只看對口味的，不喜歡的不願浪費時間。童年看過的老片子有「夜半歌聲」，王獻齋、龔秋霞主演，故事是兄弟二人喜歡一個女子，哥哥因故遠行，弟弟娶了哥哥的愛人，劇情曲折離奇，主題曲「秋水伊人」流行至今。

抗戰勝利以後，在濟南讀書時，好片子都不錯過，國片中印象深刻的有「長相思」一片，劉瓊、周曼華主演：

日本侵華，王某投身抗日戰爭，妻子留在上海奉養婆婆，王托至友劉君照顧母親妻子，為了維生王妻下海駐唱，佳評如潮；但劉君極力勸阻操此行業……，某日忽有王某同事潛返上海，帶來王某陣亡惡耗及信物。三人計議暫時隱瞞不讓老母知道。日本投降、舉國歡騰，

老人得不到兒子的消息萬分焦急，劉、周二人患難與共、日久情生，決定結為夫妻，繼續奉養老母，雙雙自外歸來正欲向老人說明，卻發現房中有一殘障軍官竟是王某歸來。這部電影的插曲「星心相印」流行一時，至今仍受歡迎。

　　抗戰勝利之初美國片盛行，許多精彩的戰爭片都在這時推出：諸如「最長的一日」、「亂世忠魂」、「潛艇喋血記」等。老牌的名片：「魂斷藍橋」、「亂世佳人」一看再看。西部武打片也有很高水準的，除了精彩的搏鬥槍戰之外還有細緻的劇情，我們稱之為「西部文藝片」，印象最深的一片是「原野奇俠」【亞倫賴德（Alen Leden）、傑克皮連斯（Jack Palens）、范海弗林（Van Haiflin）主演】這部影片我看過兩次，至今記憶猶新。其他如「太陽浴血記」【貓王（Elvis Presley）和珍妮弗瓊斯（Jennifer Jornes）主演】、「錦繡大地」（Big Country）、「龍爭虎鬥」【寇克道格拉斯Kick Dorglas、畢蘭卡斯特（Burt Lancaster）、安馬各麗特（Anne Marguerite）主演】。勝利之初有一描寫美國人參加西班牙地下抗戰的故事。瑞典女星英格麗寶嫚主演的「戰地鐘聲」也是好片；這些老片在歐洲大都遇到過，唯獨「原野奇俠」（Shane）三十多年竟未能再見一面，頗為思念[15]。
　　以上所提的影片大都細緻雋永，看過以後回味無窮。

---

[15] 「原野奇俠」和「戰地鐘聲」已承好友齊暉如複製DVD相贈

我們最愛的電影院

電影是我們最喜歡的消遣之一，已在「談電影」文中說過。現在來介紹一下我們最喜歡的電影院。這是十多年來我們最常光顧的影院，許多好片子都在這裡看的。它就是本社區唯一的電影院。大約五百個非常寬鬆舒服的位子，空調和聲光也是一流的。老闆六十來歲，主管窗口售票，兒子是放映師，媳婦剪票兼賣糖果。這是正式的全體員工另有兼職的清潔工、裝修工等按時計酬。他們不是固定時每天幾場，戲目是排好預告，顧客一查便知。他們上演的都是首輪大片，和城中心的大電影院相比一點不含糊。

跳舞經驗談

(25/03/2006)

　　游泳、唱歌、看電影都可以一人為之；跳舞必須有伴，一個人不行。舞會中常有單身女士坐在那裏等人來請，令人同情；有許多沒伴的人很想跳舞、學舞（女性居多），但確實一伴難求。在舞會裡常見兩人翩翩起舞，配合得恰到好處，並非生活中的伴侶。這樣的舞伴常出問題，因為跳舞不但要貼、要摟抱、還要心意相通才能進入角色。難怪有位老小姐極力反對跳舞，她說你不該抱別人的老婆！有她的道理。

　　於是聯想到有良伴的人而不去學舞跳舞非常可惜！正如你是天生的金嗓子不去唱歌、天生的繪畫天才不去學畫，都是暴殄天物；如果你們是恩愛夫妻那就辜負了金玉良緣和許多良辰美景。

　　我學跳舞還在穿二尺半（當時台灣對軍人的通稱）的年代，駐防北港認識一個交際花（外號新加坡，因為生在那裏，北港鄭代書的女兒），她常參加空軍的舞會，我就決定學舞備用。在嘉義書店買到一本「無師自通交際舞大全」，每天看圖識字，跟著音樂在營房裡操練。但是紙上談兵、臨陣不管用。

　　進入門徑是上大學以後，學校裡常開舞會，同學們互相交流；但真正登堂入室是認識鳳西以後。她是「明德新村」

求是文摘

（舞風鼎盛的眷村）出身、家學淵源，尤其受她二哥郭新民的薰陶，十三歲就已精通了十八般舞藝，做她的男友不會跳舞哪行！我在文大當講師，雙溪新村的單身宿舍有個小客廳，抽空就在那裏練習，同室的阿標說：「老黃啊，這麼苦練為誰呀！」他還不知我在追鳳西。舞功進境很快，已能和她配合；這時二哥和張俊玉打得火熱，四個人經常上舞廳，最常去的是西門町的「仙樂斯」。帶女友上舞廳不失身份，消費額也不高，有時鳳西的爸媽也去。

1966 年到魯汶，中國留學生（還沒有大陸出來的）在舞會上很出風頭，一般學生只會扭，只會「阿哥哥」，台灣來的花樣很多：吉利巴、恰恰恰、布魯斯都可以跳出許多花樣，探戈就更不用說了。蔡政文、施光、宋露露、張偉寧、李天慈都是好手。常去的地方有「朱魯吧」、德國啤酒屋和其他酒吧。兩年後鳳西和許多女將以及阿標、王虎、沈以良都來了，在魯汶熱鬧一時。幾位新潮流的女生和老前輩們不同，她們是台灣經濟起飛以後的「新生事物」敢做敢為。代表人物有高儷、李秀萍、李天惠、劉會恩。高儷每次下場喜歡穿一雙銀色舞

鞋最為搶眼。大家習慣去納密路（Namustraat）走向 Hervelee 平交道旁的一家啤酒吧，同學們一到，老闆立刻換上六〇年代的金曲，其他客人也都捧場，有人欣賞跳得才來勁。劉會恩念舊，和小郭結婚以後定居美國，每次回來還要去那家酒吧一坐。

但是以上這些前塵舊夢俱往矣！真正的進入「舞林」還是最近十年來的事：九〇年代中，邊疆和麗蓓住所附近有家跳舞學校，他們兩人去註冊學舞，推薦給我們。舞校名為歐洲舞校 Eurco Danse，由退休的教師奧拜夫婦 M. Me Robert 任教。他倆是皇家軍校的舞蹈教師，專業水平很高。我們註冊上課，開始學習正宗的交際舞，把過去的功夫廢掉，從頭開始。每周兩次九十分鐘的課，一次練習舞會；從快四步（4 temps）、慢四步（Blouse）、恰恰恰（Cha Cha Cha）、吉利巴（Rock）等簡易的入門，漸次進入森巴（Samba）、快狐步（Quck step）、探戈（Tango）、慢華爾茲（Vase lente）、快華爾茲（Quick Valse）、倫巴（Rumba），最後才教慢狐步（Slow Fox）。教師非常認真，學生亦非常專心，一年下來各種舞步都學過了。

期間除每周一次的練習舞會外，差不多每月都有一次正式的舞會，遇上節日又有配合節慶的舞會；如狂歡節的化裝舞會、聖誕新年的大餐舞會等。初次參加盛大的舞會，看到那些資深學長精湛的表演才發現過去的舞藝太膚淺了。

總的來說各種舞步都有許多花式（Module）。必須熟練，直到不必思考運用自如，二人要配合得好就要心意相通。男的

求是文摘

責任大，他要帶動、指揮。華爾茲和慢狐步最難跳好，倫巴也是高難度的舞，需要多年功力才能跳好，而且要不停的練習才不會忘記那些花式，曾經跳得很好，停下來一兩年，花招都忘了，但基本的步子和架式還是有的。

在歐洲舞校學了四年出師了。我們這一區（St.Pierre, Kraainem）有個很活躍的「舞友俱樂部（Les Amis de Danse），其實也是一樣性質，組織比較大、節目比較活躍，我們就轉到這裡，又加強了一些基本動作和花式，轉眼又三年多矣。如前所述：停下來不跳，忘得很快，在這裡的舞會裡遇到過歐洲舞校的一對老手，夫妻搭檔、年青漂亮，我們稱之為「金童玉女」，幾年不見他們的功夫都荒廢了、花式都沒了，只能跳點簡單基本的而已。

重讀「落葉歸根」有感

(27/10/2005)

　　落葉歸根是嚴君玲的自傳體小說。嚴君玲三十年代末生於天津，英國倫敦大學醫學博士，在美國行醫，但這本書把她推上名作家的席位，從而專事寫作。她是香港大企業家嚴錫榮的幼女，在香港有祖產；我們有位古董界的好友，在香港定居多年，與作者有些過從，此書初版時（1999）獲得一本贈書，我們曾借閱過，最近又從中山圖書室借來重讀。

　　君玲的母親生下他們姊弟五人後去世，君玲最小，繼母是個中法混血、生性邪惡、心地偏狹的女人，自己生了一兒一女，是全家的命脈。而君玲從小受盡虐待，沒有享受過家庭溫暖，終日悽悽惶惶不知她娘（稱後母）又要把她如何整治？她從來不准接受同學的邀請做客，更不用說請同學來家了。可是她有智慧、有毅力，有一顆不屈不撓、永遠向上的心，在任何孤寂的環境、嚴刻的學校，她都甘之如飴、專心地學習，永遠是名列前矛。

　　十歲那年他們一家人住在天津，她的心靈上留三個終生的烙印：一個是同學請她去過生日，剛好那天只有她們天主教的聖心放假，她經不住誘惑假裝上學去參加生日慶祝會，之後被後母發覺並挑撥父親而遭來一頓毒打；其二是由於在班上功

課好、人緣好被選為班長，同學們跑來她家門前賀喜、在門口歡笑，惹火了後母，說她招來這些窮孩子向他們炫耀自己的豪宅，不讓你爸爸安寧，以後再不許這些人靠門，又是一頓打罵。父親的朋友送來七隻小鴨分給七個孩子，當然大家選完，剩下最瘦小的一隻是她的，給它取名寶貝，每天放學從它窩裡拿到她房間把玩，這是他的心肝寶貝。一天晚飯後一家人在院子乘涼，訓犬師正訓練他們的狼狗 Jacquie，父親心血來潮要試試狗的服從性，叫大哥捉一隻小鴨子來，她的心懸起來，小鴨放在地上，果然是可憐的寶貝；Jacquie 虎視耽耽臥在那裏，忽然寶貝發現了它的主人向她跑來，Jacquie 一躍而起，一口就咬住它的小腿，雖經喝止吐出來，但小鴨子癱瘓在地，第二天就死了，她傷心哭泣，把它葬在花叢裡。那幾年幸而有姑爸爸（姑母）愛護、安慰、鼓勵，才能熬過悲慘的童年。

父親終於決定送她去倫敦學醫，她順利拿了醫學博士和麻醉專科的文憑，回到香港為了討好父親辭去自己找好的工作、遷就父親的安排，繼續承受後母的擺佈。在醫院做實習醫生時遇到一位美國來的實習生金茅廷勸她去美國發展，她下定決心遠離這個冷酷的家庭，開闢自己的前程。發出幾封求職信順利找到工作，但她父兄們連機票錢也不「借給」。

一到美國就被兩個青年追逐：一個是鼓勵她來美國發展的金茅廷，他出身於一個貧窮的華人家庭，母親靠打工供他讀書，他從小念的不錯，醫學院最後一年了，母親為他買了棟房子，分租給學生，夠他的學費。另一個是台灣上將的兒子孫伯

倫，就是茅廷的房客、在香港念完中學，台灣念的大學，畢業後來美念工程，已經在某公司上班了。她被伯倫英俊瀟灑的外表、坦率直爽的性格、又熱情細膩的追求征服，他們閃電式的結婚了。但很快她就發現他不誠實，他在那家公司只是打零工，真正的工作是餐廳跑堂，他的工程碩士還沒讀完、綠卡也沒下來。她認命嫁雞隨雞，可是伯倫的大男人主義和暴躁的性格很快暴露出來，越來越難相處，幸而她的工作繁忙而收入愈來愈好，醫院成為她的庇護所。每天疲憊不堪回到家中，百倫總在電視前消磨他的日子。她要花上一兩個小時把房子清理乾淨，她不能在那樣髒亂的房子裡休息。

她懷孕了，兩人都歡欣雀躍，盤算著孩子出生的日子，這時他們已遷居加州，買了一棟理想的房子，伯倫也找到工作；可是爭吵反而更多了，她常常被打得鼻青臉腫，還要對同事編一套說詞。一次衝突之際，正巧醫院有急診求援，她趕去加班回來，發現家中打翻天，只剩下沒燒房子。她拖著疲憊的肢體開始清理房子，直到深夜，他回來了，也許是大著肚子、爬在地上洗擦地板的姿態觸感動了他，自己悄悄地跑到客房裡睡了。

聖誕節他要請台灣的同學來家過節，宣佈他們的好消息，她要替他選一套漂亮西裝，有一家新開的高級商場，二人高高興興的去了，由於她支持店員的看法，有損他的面子，一怒走了，等不到他，還得回家準備、也希望他已回家，就自己開車回去，他並不在家，也找不到任何消息，她也惱火，就通知客

求是文摘

人臨時情況，請客延期，他回來一頓好揍並提了簡單行李走了，五天後又在那裏看電視了。

她父母來看她一眼便看出問題，父親問：「你兩棟房子誰出錢買的？」，都是她的錢，誰的名下，共有的；父親再問：「他父子在香港置業你有簽署文件嗎？」她根本不知有這件事。決心離婚，找律師寫信，他同意但有兩個條件：一是要一棟房子，二是放棄贍養費，她毫不猶豫同意了，從此結束了一場六年的惡夢。分手後他從未出現過，也從未看過他的兒子。

婚姻雖然失敗，事業卻蒸蒸日上，年紀輕輕，活力旺盛，當然有不少追求者，同事介紹她認識一位在加州大學執教的馬成輝教授，他是台山來的第二代，父母親沒受過學校教育，都是飯店工人，生下八個兒女，成輝最小，父親心臟病死的時候他還只有三歲。母親辛勤工作一心要孩子們受好教育、他們孝順友愛，家庭雖窮苦而溫馨。母親心地純正、不但愛孩子更愛國家社會，日本偷襲珍珠港，她鼓勵兒子參軍。老大十九歲正在史坦福讀工程，從軍到歐洲，在德國戰場上冒死殲敵受到國家勛獎，完成學業。老二因手部畸形未被軍中接受，繼續讀書、夜間兼職。家庭景況稍微安定，母親就叫兒子寫信給政府停發他們的救濟金。成輝在大哥呵護下完成生化博士學位，並在母校當上教授，他心地善良儀表魁梧英俊。她母親積勞成疾癱瘓在床，兒女輪班伺候，姐姐們分擔了母親的家事，照顧兄弟的衣食。第一次約會成輝把她帶來家中，原來他要讓她認識他的家人，這是一個快樂和諧充滿了愛的家庭、母親疼愛兒

女、兒女孝順友愛、互相幫助完成各人的願望。這與她豪門之內的人際關係真是天壤之別。在愛的國度裡她仰望著成輝，像個國子，而她直似一個沿門托缽的乞丐。說起自己的身世、心底壓著的那些苦難和委屈，一發而不能遏止，她覺得一雙溫暖厚實的手握著了他的手，她頓時有了安全感。成輝很喜歡她的兒子，他們很快建立了幸福的家庭，不久他們的女兒也出世了。

七○年代初她父親的事業方興未艾，而他的健康卻是走向下坡，1972 年他們去摩納哥參加王妃葛麗絲的慈善舞會上已是老態龍鍾，此後日益衰頹。1977 年發現大腦萎縮無可救治，神智愈來愈差，終日悽悽惶惶活在老婆的號令之下。1982 年已經完全癡呆住入醫院，六年後去世，他已一文不名，所有財產早已轉入後娘名下，包括：瑞士銀行的兩噸金條、無數的股票和股份、香港和蒙地卡羅的豪華公寓、柴灣的工業廠房、太古大樓的辦公室、佛羅里達州的地皮……都轉到她名下，她老公可能早就一文不名了，因此所有兒女沒有分文繼承。

再說這個富婆、她心機太多、睡眠太少，老公去世後必須靠安眠藥過活。六十多歲害了腸癌，開刀時已經擴散，纏綿病榻靠嗎啡止疼，親生的兒子被她膩愛致死，親生的女兒斷絕了親子關係，財產帶不到地下，奄奄一息還要設計在死後叫前妻的兒女們為爭奪遺產而拚鬥，她這一生活得好不辛苦！

五個前妻的孩子，從小受晚娘的歧視，應該相濡以沫、互相愛護才是、尤其對受盡虐待的小妹。他們卻從小就互相傾

軋，大了就勾心鬥角，最後為了遺產互相陷害。在這個家庭中有的是聲色犬馬和財富，缺少的是慈愛、孝順、友愛和家庭的溫暖。

　　作者君玲心地最好（也許把自己寫得太好），大陸開放她急於回去探望小時候唯一愛護她的姑爸爸（姑母），但遇上了與她父母脫關係的大姐，求她幫忙把兒女接出去深造。在她的全力幫助下，兩個年輕人都得到充分的發展、在國外成家立業，可是這一家人最後在競爭遺產之時，卻成為陷害她的禍首，使她成為惟一不得分文的女兒。她三哥是遺囑執行人，為避免落入後娘叫他們兄妹相殘的臨終詭計，從各人分得的份中提一成給她，並把司徒拔道山下的宮殿豪宅也歸她所有。

　　她真正的收穫還不是遺產，而是她那一顆不屈不撓、永遠向上而又與人為善的心。她從一個受盡苦難的小女孩，十多歲的年紀，獲得全世界英語寫作的文藝獎；二十多歲完成醫學博士和麻醉專業文憑；醫學上成功以後又走上文學創作的路子。事有湊巧，我們大女兒衣玄住在司徒拔道多年，我們從那座豪宅前經過不計其數，又湊巧好友梅生夫婦是作者中國古物的顧問，鳳西有幸跟他們一起去拜訪過主人，大約是五年前的事了。02/11/2005 Bxl

初讀吳魯芹

(14/09/2005)

　　星期六 08/09 去中山圖書館捐書，順便借來三本，帶去山中消閒。其中一本是吳魯芹的「餘年集」，老實說借這本書是為了書名，至於作者相當陌生。不料一看就不能釋手，篇篇精彩，爐火純青。這樣的作家怎麼前所未聞，真正是孤陋了。

　　吳魯芹 1918 年出生上海，武漢大學外文系畢業，他大一的時候在武漢，之後因抗日軍興撤退後方，變成西南聯大。他曾在台灣幾個大學任教，後任職美國新聞總署，著作甚豐，享譽文壇數十年。

　　武漢大學的文學院長陳源，大大有名，初到台灣中副連載他的「西瀅閒話」，每日必讀，至今印象深刻。原來陳西瀅就是陳源，他和胡適之、徐志摩、徐悲鴻等人往來甚多，後來做了國民政府駐聯合國教科文組織 UNISCO 的代表，常住倫敦，七〇年代初常有他的消息。吳氏對他這位受業的老師恭謹之至（通伯先生），對他夫人凌叔華（稱師母）也極為讚賞。確實她也是一代才女，當之無愧。

　　吳先生學貫中西，胸羅萬有，其為文縱橫蔽挹、旁敲側擊、喜笑怒罵，一瀉千里，雖古之聖賢何懼之有。

吳先生的才學既然如此好，當然非常自負，從他這本書中可見他的文稿是極其難得，當年的「自由中國」何等水平，雷震要拉他一篇文章也要下許多工夫。至於當時文學泰斗如「志清兄」（夏志清）都是他的至交。可是身價既然如此之高，自己出一本書何必再大張旗鼓求人吹捧，連一個年輕記者奉承的訪談也附錄在書裡。三代以來未見有不好名者信然。

　　優秀的作家如過江之鯽，優美的文章浩如煙海，真正能留芳、能傳世的能有幾人？寫寫塗塗以自娛，不必自負，敝帚自珍就好了。

三十年後遊子歸[16]

攝於1979年8月，黃三返鄉探母與家人合影：
前排中為老母時年79歲、左右為孫子孫女
後排右起：黃三夫婦、二嫂、大嫂、弟媳、弟弟

　　抗戰勝利不久，家鄉—山東寧陽縣就淪陷了，地主之家，
為了逃避清算鬥爭，我十四歲開始就在戰亂中逃竄，最後辭別
父母遠行是 1947 年中秋。跟隨流亡學校先到湖南衡山準備復

---

[16] 這也是為有獎徵文寫的，「澳洲日報」副刊「相片故事」入選。

學，可是國軍節節敗退，共軍渡江，1948年夏山東流亡學生八千人會師廣州從軍來台。

在台灣先當兵、後讀書、再出國留學、再落地生根，到1977年第一次回鄉探母相隔整整三十年。1966年冬我到比利時魯汶大學讀碩士，到達第二天就照老家的鄉村寄出一封家信（台灣是寄不出去的），不久竟然接到父母的回信。心情激動、兩手戰慄，關上房門，一讀再讀，徹夜未眠。此後書信往來無間，獎學金盡力節省寄回家去，但要返鄉探親，又等了十年。

幾度折騰終於成行了，經香港從羅湖入境。過了海關、一草一木都能觸動心弦、沖開淚水的源泉：「啊！這就是我的祖國、我的同胞」。回到家中、匍匐在老母膝下痛哭。母親說：「孩子別哭，起來，我都不哭！」

這時父親過世不久，可是大哥、二哥、姐姐和小妹都早已夭亡，手足七人只剩下一個多病的弟弟和遠嫁的妹妹。眼前一個失蹤的兒子卻衣錦榮歸了，這是天大的喜事，那些悲慘的日子來不及去想。兩個嫂嫂從年輕守寡，帶著孩子們來團聚，但在縣政府招待所不能留宿，因為她們都戴著右派的帽子。（右圖：四弟、侄兒和表弟圍著母親看相片）

此後每一兩年都回家陪母親住上十天半月，1979年帶了妻子同歸，仍然住招待所（小地方沒有賓館），大家都摘了帽子，轉了戶口，叫做「落實僑務政策」。弟弟由於參加抗美援朝志願軍，黑五類也進了大學、當上中學教師，他愛人也是教

書的；母親跟他們一家住教師宿舍。雖然哥哥們都不在了，可是四個兒媳到齊，就照了上面這張珍貴的相片。

母親讀過幾年私塾，十八歲嫁到黃家，因為公婆早逝就擔起這一支的家務。一個舊世家的破落戶、經過多少兵荒馬亂、土匪強盜，來到新中國建立，再熬過數不清的運動，七個兒女中的四個在她懷中損命；災難歷盡終於得到平順的晚年。自從1966年海外三兒來信，開始好轉，1977年以後連年回國探親；政治上改革開放，人人心情舒暢、生活寬裕，直到1993年在兒孫環伺下去世，享年九十三歲。母親一生信佛，生性淡泊、待人寬厚。她的左右銘是：「自足常樂、能忍自安」、「心靜自然涼」（涼：有涼爽、涼快；亦有心地清明、神清氣爽之意）。

求是文摘

項羽和劉邦

　　六十年代台灣大學大一國文，上學期讀孟子，下學期讀史記。主持大一國文教學會議的是文學院院長沈剛伯教授，承襲北大的教學精神，對於大一國文教學旳規劃和施行非常認真。我早就喜愛史記的文章，在流亡時代、在軍中歲月便曾斷續地讀過，但印象最深的還是在台大。讀古文我自幼養成背誦的習慣，史記的文章精簡生動、篇篇精彩，許多篇都曾熟讀背誦。最令我醉心的是有關項羽的篇章：項羽初起、奪宋義軍救趙、鴻門之宴、垓下之困。如今閒來無事重讀這幾篇文章摘要敘述抄錄、並舒感懷。

一、項羽初起

> 「項羽名籍字羽，世世為楚將，封於項故姓項氏，項籍少時學書不成，去學劍，又不成，其季父項梁怒之。籍曰書足以記姓名而已，劍一人敵不足學，學萬人敵。於是項梁乃教籍兵法，籍大喜，略知其意又不肯竟學。

> 「項梁殺人避仇吳中，吳中賢士皆出項梁下，每有大事常為主辦，陰以兵法部勒賓客。秦始皇過會稽渡浙江，

梁與籍俱觀，籍曰「彼可取而代之」，梁以此奇籍。籍長八尺餘、力能扛鼎、才氣過人，雖吳中子弟皆已憚籍矣。」

叔侄二人在會稽殺了太守起義。舉吳中兵、得精兵八千人，渡江而西。但魯王已任命宋義為上將軍，項羽為次將、范增為末將救趙。

宋義領軍至安陽留四十六日不進，項羽質問他，他說要「先鬥秦趙」、「我承其敝」，嚴禁部下妄動，親送他的兒子去做齊國的宰相，飲酒高會。

項羽不以不然，「以秦之強攻新造之趙，其勢必舉趙，趙舉而秦強，何敝之承？國家安危在此一舉，今不恤士卒而徇私，非社稷之臣！」

項羽早上去見宋義，帳中斬下他的頭。出令軍中說：「宋義與齊謀反，他奉楚王密令將之斬首」，眾將皆慴服，共立羽為假上將軍。使桓楚報命於懷王，懷王因使項羽為上將軍。威震楚國名聞諸侯。他派遣當陽君蒲將軍將卒二萬渡河救鉅鹿不下。

「項羽乃悉引兵渡河。皆沉舟破釜、燒廬舍、持三日糧，以示士卒必死，無一還心。於是至則圍王離與秦軍遇。九戰絕其甬道，大破之。殺蘇角、虜王離、設間不降楚自燒殺。當是時楚兵冠諸侯。諸侯軍救鉅鹿下者十餘壁，莫敢縱兵。及楚擊秦諸將皆從壁上觀。楚戰士無

不以一當十，楚兵呼聲動天，諸侯軍無不人人惴恐。於是已破秦軍，項羽召見諸侯，將入轅門，無不膝行而前，莫敢仰視。項羽由是始為諸侯上將軍，諸侯皆屬焉。」

二、鴻門之宴

楚軍夜擊坑秦卒二十萬於新安城。南行略定秦地，函谷關有兵守關不得入，又聞沛公（劉邦）已破咸陽項羽大怒。沛公的左司馬曹無傷差人報信給項羽，說沛公要在關中稱王，珍寶都得了。項羽怒不遏，就要饗士卒，攻打沛公。這時項羽擁兵四十萬在新豐鴻門，沛公兵十萬在灞上。

項羽的季父項伯（項梁）與張良有深交，張良曾救過他的命，正在沛公左右，項伯星夜趕去私見張良，叫他逃命。張良不肯，並要與沛公商量。沛公以兄長之禮見項伯，說吾先入關，秋毫不敢近，籍吏民、封府庫而待將軍，所以遣將守關是防他盜之進出及非常事故，豈敢反叛！托他與項羽解說。項伯答應了，並叫沛公明日赴新豐鴻門謝罪。

項伯當夜趕回、把沛公的話向項羽轉述，並說，「今人有大功擊之不義，不如善遇之」，項王許諾。天明沛公帶百騎來見項王說：「臣與將軍戮力攻秦，將軍戰河北，臣戰河南，不自意能先入關破秦，今者有小人之言令將軍與臣有郤」。項王說：「此沛公之左司馬曹無傷言之，不然籍何以至此」。於是開懷暢飲。

范增最有謀略和識見，項羽尊稱亞父，三次示意項王當場刺殺沛公，項王默然不應。范离席召項王從弟項莊說：君王為人不忍，你進去請以劍舞為壽，擊殺沛公於坐，不然我們都要死在他手下。項莊入席請以劍舞，拔劍起舞，項伯亦拔劍起舞，常以自身翼蔽沛公。張良至軍門召衛士樊噲說：「項莊拔劍舞，其意常在沛公也」，噲即帶劍擁盾闖入，「披帷西向立，瞋目視項王，頭髮上指、目皆盡裂。項王按劍而跽曰「客何為者？」張良說是沛公的衛士樊噲，項王賜酒，樊立飲之，又賜生肉，樊噲覆其盾於地、加肉於肩上拔劍而啗之。項王說「士能復飲乎？」樊噲曰「臣死且不避，厄酒安足辭」。他數落了項王的種種不是，結論是如此作為「亡秦之續耳」。

沛公如廁、帶了樊噲等四人棄車獨騎溜走，抄小路至霸上不過二十里。張良留謝，約計他們到家、入見項王說，沛公喝醉了不能辭，使臣奉白璧一雙，再拜謝大王，玉斗一雙再奉大將軍足下。

「項王曰，沛公安在？良曰聞大王有意督過之、脫身獨去已至軍矣。項王則受璧置之坐上，亞父受玉斗置之地，拔劍撞而破之，曰、唉、豎子不足與謀，奪項王天下者，必沛公也，吾屬今為之虜矣！
沛公至軍立誅殺曹無傷。

求是文摘

三、垓下之困

項王軍壁垓下，兵少食盡。漢軍及諸侯兵圍之數重。夜聞漢軍四面皆楚歌。項王乃大驚曰漢皆已得楚乎？是何楚人之多也。項王則夜起飲帳中。有美人名虞，常幸從，駿馬名騅常騎之。於是項王乃悲歌慷慨，自為詩曰，力拔山兮、氣蓋世，時不利兮騅不逝；騅不逝兮可奈何，虞兮虞兮奈若何！歌數闋、美人和之。項王泣數行下左右皆泣，莫能仰視。於是項王乃上馬騎。麾下壯士從者八百餘人。直夜潰圍南出馳走，平明漢軍乃覺之，令騎將灌嬰以五千騎追之。項王渡淮、騎能屬者百餘人耳，項王至陰陵迷失道，問一田父，田父紿曰左，左乃陷大澤中，以故漢追及之。項王乃引兵而東，至東城乃有二十八騎，漢騎追者數千人。項王自度不得脫，謂其騎曰：我起兵至今八歲矣，身七十餘戰，所當者破、所擊者服，未嘗敗北，遂霸天下，然今卒困於此，此天之亡我非戰之罪！

項王乃欲東渡烏江，烏江亭長檥船待，謂項王曰：江東雖小地方千里、眾數十萬人亦足王也，願大王急渡，今獨臣有船、漢軍至無以渡。項王笑曰：天之亡我、我何渡為。且籍與江東子弟八千人渡江而西，今無一人還縱江東父兄憐而王我，我何面目見之。

乃將坐騎贈亭長，令騎兵皆下馬步行，短兵接戰，獨籍所殺漢軍數百人，自刎而死，漢將爭分其屍體邀功。

四、書後感

(一) 項羽幼時學書不成、學劍又不成，他說「書足以記姓名而已，劍一人敵不足學、學萬人放」。於是項梁就教他兵法，大喜，略知其意又不肯竟學。這是個心浮氣燥不曾讀書之人，雖然乘機而起，號令諸侯，卻肚裡空空、有勇無謀。

(二) 項羽初起時何等果決，殺會稽守、奪宋義軍、救鉅鹿破釜沉舟，不可一世；到了鴻門之宴真正面對強敵，他又不忍下手。鴻門之宴他的表現溫溫吐吐、迷迷糊糊、一無是處。

(三) 曹無傷通風報信、賣主求榮，項羽在他主子前當面揭露，沛公回去立殺曹無傷。你項羽豈不自去其耳目，誰敢再與你通風報信？

(四) 楚懷王是項羽立的，懷王與諸侯有約：先破秦進咸陽的為王，項羽勢力最強，不承認這個約，也是當仁不讓、英雄本色；可是後來又把懷王殺害，那就不是「仁人」了。

(五) 垓下之困、四面楚歌，終至自刎烏江、亂刀分尸，而仍執迷不悟曰：

「天亡我也、非戰之罪」；這都出於他天性中的浮躁，從小就不能「竟學」之過。但無論如何項羽是個異

數，二十四歲出道，三年就統兵四十萬，挾天子以令諸侯。雖然敗亡、卻敗得英雄，他不回江東、無顏見江東父老、寧肯自刎烏江。試想如果回了江東為王，劉邦能放過他嗎？豈不為楚國帶來災禍。

(六)「斬蛇起義」：再說沛公劉邦，他是所有人中最奸詐深沉作偽之人。他出身長亭守，獄官，為縣押送犯人到酈山，沿途犯人逃亡，他料想到不了目的地就都逃光了。於是半路把犯人都放了，說你們都走吧，我也逃了。犯人中有十多個壯漢願意跟他走，入夜與眾人飲酒，派一人前行探路，回報說前有大蛇擋路趕緊回頭。劉邦乘著酒興拔劍前往把大斬為兩斷，大家走過去，後面的人到達斬蛇之地、見一老婦夜哭，說她的兒子是白帝之子，化為蛇被赤帝之子腰斬，故哭。眾人以為她胡說，要打她，忽然不見。他們把這事報告劉邦，他心喜自負，從者日益畏之。

(七)「作偽」：秦始皇曾說東南有天子之氣，於是東游以壓之。劉邦既自疑，就常常逃到芒碭山澤巖石之間躲藏。他老婆（後來的呂后）與人去尋找，一看就知他在哪裡。說他藏匿的地方上面有雲氣，其實他和老婆串通好的，「沛中子弟或聞之，多附者矣」。

(八)太史公的筆：上面所說的劉邦還都是「漢高祖本紀」中的紀載，當然是正面的，像「作偽」也不過是後人的推測；但在朱自清的「史記精華」導讀中舉了很多「互

見」的例子，從其他地方的敘述中以參見其人的另一面目。例如張丞相傳裡記周昌對高祖說：「陛下即桀紂之主也」，其他像淮陰侯列傳、酈生傳中都可以見到高祖是何等暴而無禮。蕭相國世家裡記載蕭何請把上林中空地，讓人民進來耕種，高祖大怒，教廷尉論蕭何的罪。其後對蕭何說：「相國休矣，相國為民請苑，吾不許，我不過為桀紂王，而相國為賢相，我故繫相國，欲令百姓聞吾過也」。至此連假裝「仁而愛人」的心思也不存在了。

說到項羽在高祖本紀中說：「懷王諸老將皆曰「項羽為人、慄悍滑賊」但在其他篇章裡也常有相反的記載。例如在陳丞相世家中記載陳平對高祖說：「項羽為人恭敬愛人，士之廉潔好禮者多歸之」，淮陰侯列傳裡記載韓信對高祖說：「項羽見人恭敬慈愛，言語嘔嘔，人有疾病涕泣分食飲」。司馬遷是漢臣，正面的記載當然要說好話，但他是史家不能昧了事實，所以從其他的記載中反映出項羽「恭敬愛人」的一面。

新中國的新文化

(23/09/2003)

　　中國共產黨從革命到建國、治國迄今，已經有八十多年的歷史。自1949年起統治了廣闊而肥沃的國土和優秀而馴良的人民，於是他們要大展鴻圖、把祖國建設成一個國富民強的大國，一吐三百年來的烏氣。

　　內在的心結上他們是梁山伯的英雄好漢，要殺富濟貧為窮人翻身，一開始就是清算鬥爭、打倒地、富、反、壞、右、五類黑分子；依照毛主席的不斷革命論，運動一波接一波而來，文化大革命是最重的一擊，但不是最後的一次，下面還有「四五」、「六四」，直到目前的「消滅法輪功」。

　　在他們治國的五十多年中，人民遭受的痛苦、喪失的生命是空前的、是有案可查的。如果我們客觀冷靜地回顧，這些犧牲大都不是必要的：大躍進、大煉鋼、人民公社為人民帶來重大的災難，為國家帶來什麼？文化大革命、破四舊、橫掃一切牛鬼蛇神，傳統的都打倒破除了，代之而來的是什麼呢？是新文化。

　　是新中國的新文化！

這個新文化的內涵可歸納為以下幾點：

一、浮誇：上級領導下級比賽浮誇，「衛星上天」、「畝產萬斤」……

二、說謊：浮誇一定不實、不實就得說謊；用國家的機器去操作，所有媒體都是黨的喉舌，要怎麼說就怎麼說。這是政府的一貫作業，要對付誰就瞄準他，開動說謊機，全國一片打殺之聲，連國家主席、建國元勛、轉眼之間變成了「工賊」、變成了「人民的公敵」！

三、自私：為人民服務是口號，為自己、為兒孫才是事實。他們有一套制度，用國法來保證既得的利益，「接班」便是其一。幹部子女接班當幹部是依法行事，順理成章；當然囉！農民子女就得接班種田；而且城鄉戶口鐵定，鄉下人要想遷入城市比登天還難。

四、中國人的傳統是慎終追遠、不忘祖先和來源；新中國文化是叫人「忘祖」。制度和相沿而成的習俗叫人民忘祖、叫人民忘卻來源。北京和上海的居民多半是1949年以後跟著單位遷入的，他們都變成當地人，第二代更是道地的北京人、上海人。這些城裡人決不願再和家鄉扯上關係，這是政治和社會制度使然，人民的本身無辜；人民原來也是念祖敬宗的，也是講信修睦，可是在這樣的制度下，只有跟著走了。

老兵家書[17]

一、緣起

家書對我的意義太大了，我從1946年離開老家山東寧陽、到1966年接到第一封家書，整整廿年。此後與父母弟妹書信往來無間，母親於1993年去世（享年93歲），廿七年間寫給母親的信每月數封，它們記錄了重要的個人生活經歷，以及大環境的重大事故，諸如：大陸上的文革、經改、六四屠城。台灣的經濟起飛、民主進展。這些書信大部保留下來，也希望有朝一日整理成冊，題曰：「黃三家書」。

二、初獲回音

1966年11月我到比利時魯汶大學進修，第二天便寄出一封尋親的家信，因為當時在台灣是不可能的。竟很快得到回信，這是離家二十年後的第一封家書，「烽火連三月、家書值萬金」，這戰亂二十年後的家信值多少呢？我的回信如下：

---

[17] 這是應徵入選的作品，台灣有個「少數台灣人族群」組織，應該是退役老兵辦的。

父母親大人膝下：

　　接到侄兒新民從上海寄出的家信，今天是陽曆新年兒竟接獲這樣一份天降的厚禮，把房門關上，一遍又一遍地讀、一字一淚地哭。兩個哥哥都不在了、姐姐和七妹也不在了，他們怎麼死的？可都死在那幾年（1958-60）。新民去上海「串連」，信帶到上海寄的，難怪這麼快。這裡報紙電視每天都報中國的大新聞，巴黎的二百多留學生昨天回國參加文化大革命，人人手中搖著紅小書，意氣風發、情緒激昂……

　　比利時是西歐的文明小國，人口只有九百萬，大約不過咱們兩三個縣的人口，面積也是這麼個比例；可是人家工業發達、人民富有。兒念的這個天主教大學有五百多年歷史，許多外國來的留學生有學校的獎學金，兒每月有二百美元、可以寄一半回家。

　　……

三、喪父--1976/02/19給母親

娘：

　　自從接到父親故世的消息真是懊惱萬分。許多年來籌劃回家探親、幾經周折，現在一切都準備停妥，他老人家竟在這時去世了。兒決定提前回來，大使館同志特別加快辦理手續，可能趕上四月份比國華僑回國旅行

團[18]：他們預定四月中由比京直飛北京，然後再去上海、廣州、桂林等地遊覽；兒則請求於北京脫隊直奔寧陽。詳細日程未定，政府方面還能安排遠道的親人回家團聚，兒已填寫六妹、鶴齡、婀娜、新民等人的地址，只是鶴齡一家距離遙遠不知能不能回家一聚。

另外咱們本家的叔伯兄弟們還有些什麼人有往來？大娘還在吧？啟福哥嫂、啟祥哥、大妹妹是否也在家鄉、回來能否見著那些兒時的兄弟們？又家中喜歡些什麼外國東西？兩位嫂嫂是否都在故鄉？昌雷、杰民幾歲[19]？

三兒叩上1976/02/16

四、港台貿易──1983春寄母

母親大人：

這次去台灣拜訪客戶，一切平順。雖說經常回去，每次都覺得變化太大、太快。高樓大廈像雨後春筍，高速公路逐漸到達國際水準。亞洲的四小龍都是近十年發展起來，這期間咱們的祖國正是鬥得死去活來。現在看似覺悟了，也鬧改革開放，但舊的觀念根深蒂固、恐怕很難改變，走著瞧吧！

---

[18] 北京臨時取消「華僑旅行團」是由於「四、五」天安門第一次事件。事實上這個旅行團是在大使館受意下成立、並在僑務秘書呂某監督下一步步完成；國內變故發生後，飛機票被華僑何某吞沒潛逃、大使館並未對受害人交代、有損國家形象。

[19] 這時的社會風氣是是「劃清界線」，人際關係越少越好，至親亦然，拉扯這些親屬關係給家中增加很多麻煩。

五、六四屠城（1989/6/5）

娘、四弟和家中老少：

你們聽著黨中央下令開槍屠殺天安門的學生，全世界的媒體都對著現場傳播，全世界華人都怒吼了！大陸上的學人學生僑民在大使館前紛紛撕毀黨証。兒連合海峽兩岸的學人、學生、僑胞組成「民主運動後援會」援助民運人士、抗議中共政府……

六、母喪弟亡

母親過世兩年後弟弟也走了，堂兄啟福寫來一信，真情感人，抄錄於後：

1996/10/05 啟福大哥來信[20]

志鵬三弟如面：

久欲提筆問安，怎奈志濤竟先你我而去，一直哀痛神傷難以自持，遲遲未能動筆。今漢昌苦口勸慰，心境略寬，遂草就數言、與弟一訴胸中塊壘。

近年不幸事接踵而至：先是我家啟祥性情乖癖、與妻不和，一人孤居南方，年近七旬焉能自保！忽來急電中風偏癱，催人照料，漢昌翌日起身趕去榻前盡孝者四十餘日，後遷泰安、仍與王禮弟媳不得相安，離家出

---

20 黃啟福十八歲時就讀曲阜師範，因愛國激情被日本特務抓走，替共產黨坐牢四年（共黨嫌疑、實非共產黨人），抗戰勝利後出獄。夫妻恩愛、多才多藝，終生服務鄉梓，培育農村子弟。

走進遍尋不見，至今杳無音信，不知還在人世否？一母同胞安得不掛！此其不幸一也。又九三初正、嬸母仙逝，嬸母乃我輩唯一上輩老人；老人在世尚不覺己已暮年，忽聞惡耗，頓生無依之感。安葬之日與四弟靈前執手，相對無語淚先流；人生無常，安知老人今忽歸。一代人的物事滄桑，皆隨老人而去，慈恩不復、音容不再，令人悵然！此不幸二也。旋、九五三月你嫂舊疾復發，雖全力相救，竟成不治，殊為惜者、其臨終竟不知死神將至，片語未留，捨我而去。風雨歷難六十年、相依為命伴殘生、一朝故去夢中見，醒來猶覺淚沾襟。個中苦澀、怎一個愁字了得！此不幸三也！

再，喪偶之痛未平，忽一日昌雷來家、面帶哀痕，話語婉轉，漸露四弟歸靈之意，兒孫用心不言自明，只是我如何經得起如此不幸；欲哭無淚、欲語無聲。兄弟六人我為長，何故先走身後人，待我一朝歸天日何人為我祭亡魂？哀哉！痛哉！四弟，你一生孱弱，勞苦半生，未享天倫即匆匆而去；嬸母靈前執手、恍如昨日，而今已埋荒塚！每至孤墳欲看不忍，欲罷不能，生死之間何至於此！

倏忽三五載，變故迭生，令人唏噓；每視水中皓首，自覺垂垂老矣；暮年心中事訴與何人聽，眾人難尋覓無由道苦衷。提筆難禁，觸得我弟傷心事，累你同哀非本意也，乃情之所至，不得已而為之，祈三弟見諒。

近來身體可好？前年清明在孀母墳前、見你身體康健，我心甚慰。去年春節剛過，即收惠函，饋贈如數到。適值你嫂病重，未得及時復信。彼去世後，哀痛至深，遷延至今，亟望海涵。

我身體尚好，前段驚悉四弟去世，血壓驟升，治療後已回落勿念。見字如面睹物思人，誠然也，切盼惠函早至，祝全家好。

愚兄啟福 1996/10/05

求是文摘

我的軍人履歷

(09/04/2005)

一、濟南的傳令兵

　　從民國34（1945）年冬我在濟南入伍當兵（虛歲十四），到民國42（1953）年冬在台灣退役，軍職履歷八年。其實在濟南因年齡不足我當的是傳令兵（或稱勤務兵），也未受正規軍事訓練，以後又頂著兵名字去上學；濟南淪陷，跟著流亡學生到廣州從新入伍當兵，到高雄鳳山才接受正規的軍事訓練，從此開始正式的軍旅生活。

二、鳳山的新兵訓練

　　鳳山的新兵訓練非常嚴格，可說是孫立人將軍的嫡傳：他先訓練了一批幹部（第四軍官訓練班），再由這一批幹部去訓練新兵。孫將軍真是個練兵的天才，第四軍官訓練班是從軍隊裡挑選出來的優秀士官，經過他六個月的訓練，使他們脫胎換骨，從思想觀念到軍事動作、生活紀律習慣⋯⋯個個是最優秀標準的青年軍官；他們這一批生龍活虎的青年軍官再用六個月的時間、把我們這一批「活老百姓」（賀教官口語）脫胎換骨，磨練成精銳的部隊。

鳳山五塊厝軍營的新兵訓練使我終生受用不盡。那年虛歲十八，全心投入，不以為苦。教官賀建，湖南人、二十出頭、中等瘦長身材，湘音很重；但他說理清楚，熱情洋溢、真誠感人，而又紀律嚴明。他把我們熬煉得死去死活來，而我們對他卻是又敬又愛。

　　先說操練（出操）、操場上的訓練：踢正步是從拔步開始，左腳右手同時抬起，挺在那裏一分鐘後向前一步，換做左手右腳。如此一步一趨，拔步半小時以上才開始踢正步、「正步走」。

　　「向左轉」、「向右轉」、「向後轉」、「立正」、「稍息」、「起步走」也都從分解動作演練，賀教官的動作乾淨俐落、漂亮；新兵從亂七八糟，但也逐漸進入整齊劃一、而我們一些青少年新兵也達到乾淨俐落的標準。

　　再說「儀容」，穿衣要整潔，領子上有兩個小掛鉤叫「風紀扣」最要緊，一定要掛上、衣褲、綁腿、鞋帶，一絲不苟。起床號聲一響，趕緊爬起來、先整內務，漱洗、著裝（穿衣）、集合哨子一吹，趕緊去排隊，一聲「立正」不能再動：「立正」口令下達時有人還在半途，跪下爬行歸隊。再看你位置有沒有站好？衣服穿得怎樣？

　　整內務累死人，床鋪平整不說、毛毯折成豆腐塊，要一般大小、有稜有角，怎樣做呢？用木板夾。地面牆角一塵不染。

　　擦槍才是絕活，槍是軍人的第二生命，要愛護它，擦拭得爭明剔亮，槍膛內側也是一樣、槍管下有根鋼條是擦槍膛用

的，頭上有孔穿上白布條、來回擦抹。槍身看起來油光光的，但白手套抹上去不留痕跡。對槍的結構要熟知，槍的拆卸重裝有比賽：一班十二人把眼睛用黑布矇上，一聲號令，大家開始拆卸重裝，看誰最快。室外的環境也精心整頓，草坪、樹木、操作運動設施都不放過。

這些基本訓練以後開始射擊打把、出野外，再加上不時的夜間緊急集合，營、團的聯合演習、比賽等等，六個月下來，南台灣的嬌陽把我們改裝成印度阿三，但個個雄糾糾、氣昂昂，精神煥發。這也難怪在大陸上流亡時期兩餐不繼，衣衫襤褸、居無定所；新兵訓練生活規律、營養豐富，體力充分發揮，六個月下來真的脫胎換換骨了。

三、高雄要塞無線電訓練班

新兵訓練結束，我們……被選派到高雄要塞司令部學習無線電通訊，又是一番經歷。

司令部通訊連成立無線電訓練班、1950年3月開學，連長洪侯，黃埔出身非常自負。班址在高雄西子灣內壽山上，環境清幽；班主任也是第四軍官訓練班出身的職業訓練師、頑強固執，非常嚴厲，他掌管軍訓紀律；總教官張克家是一位無線電通訊的資深教官，他精通電學的原理和實務，傳授我們無線電通訊的基本理論和實際作業；諸如電學原理、收發報機結構、檢修、變壓器製造（纏線圈）；關於收發電報的技術則有通訊

連的報務官擔任，我們學習發送及抄寫莫爾斯電碼，這是主課、每天總有幾小時。

學員都是各單位選拔來的優質少年，合得來的有以下幾人：陳耀祖、周覺民、金遠勝（年紀最小），張萬超身高體健，吳惟一來自上海，杜佐漢湖北人短小精悍。

課外活動很豐富，每天都有籃球打；星期天放假常去看電影，軍人有免費票，看了不少美國的戰爭片和西部片，像「最長的一日」、「原野奇俠」都是這時期看的。有一天我們七個小兵在愛河邊上合影一張，保存了幾十年。

我們還辦過一期壁報，陳光宗和我包辦，他做主編，我做版面設計。他把安特生童話上的「賣火柴的女兒」譯成中文刊出，有的同學抄下來對讀。從鳳山五塊厝的新兵訓練轉到這裡真像一步登天。這個訓練班辦得有聲有色，結訓考試陳考第一、我第二、金遠勝第三。

四、高雄要塞守備團通訊連

要塞電訓班結業、我被派到要塞守備團通訊連、當上士無線電通訊班長。發報機是手搖機發電，非常笨重，手下有兩名搖機兵；通訊連連長大個子膠東人，電台台長姓姜也是膠東，人很誠懇，教我很多實務工作；他們一夥是從青島撤退來的。

守備團團長梁鈞黃埔十八期、三十一歲；副團長邱金林二十九都是優秀的職業軍人，有豐富的作戰經驗，也很有學問。團長常給我們作精神講話，大家坐在草坪上、他和士兵

一樣打綁腿、穿布鞋（那時軍隊裝備很窮）盤腿而坐，講文天祥、史可法的壯烈事蹟，引經據典，頗有儒將之風[21]。邱金琳英文流利，他跟孫立人遠征過緬甸，勝利後在新六軍當營長參加過許多戰役，尤其是東北的四平街之役[22]。

仍然有很多娛樂活動，打球、看電影、西子灣游泳……。西子灣的海灘白沙細軟，海水清澈透明，背負著青翠的壽山、雲霧飄渺；每次從山路走過猴子成群在樹間飛行。海濱有一道防波堤有一公里長，兩邊水深，我們常在海灘游泳、堤上跳水。

五、陸軍通信兵學校

在軍中有許多深造的機會，比如陸、海、空軍正科的軍官學校，我曾嘗試報考，但因身高和體重都不夠標準而不被接受。1951 年春，陸軍通信兵學校在高雄招考無線電技術員，考場設在前金國校，三百多人報名、錄取卅六人，高雄要塞我和馬頤祖、曹鼎堉都上榜。六月辭別了長官和好友去宜蘭通校報到。

在通校遇到寧陽縣中的學長楊承蔭。考進來的水平又比要塞電訓班高，學習的科目大致與電訓班相同，師資也高許多。通校校長李昌來英國皇家海軍官校畢業，學識豐富，非常敬業，每天訓話督促學生的課業。

---

[21] 梁鈞坐到上將砲兵司令。
[22] 邱金琳有才氣、脾氣不好、不得志，退役早轉入企業界。

我們是第五期二百多人，入學後作過編組測試，分為三個隊：一、二兩大隊是報務班，第三大隊是機務班（數理科較強）。我和馬頤祖、曹鼎堉編在第一大隊，楊承蔭進機務班。

在課業方面，學科電學、收發電報仍為主科，都沒留下太多記憶，學科中的政治和法律概論引起我的興趣。教官是一位留美的青年學者，風度翩翩，滿腹經綸，一筆粉筆字也很有功力。

通校畢業考試，在本大隊我名列第六，學校要分發畢業生到陸軍所屬單位，大家都希望去後勤，不希望去野戰部隊，大隊長有分發之權，我總是和上級關係不好，被派到陸軍部隊，去司令部報到，總司令孫立人將軍親自點名，再加挑選，我被派在八十軍五十一師一五一團第三營當准尉見習通信員，六個月以後升少尉無線電報務官。

八十軍是孫立人的嫡系，從緬甸遠征軍幾度整編的底子，軍長鄭果、師長邱希賀、團長余式儀都是孫將軍的班底；總部駐紮南部，又回到高雄。當了軍官要填報履歷，我在濟南當兵的單位是聯勤總部所直屬的第四兵站總監部監護團第三營，團長孫立國和營長武彧生都在台灣，我在濟南資歷得以認定。

野戰軍不停地訓練和演習，踏遍了南台灣的田野、農村、山川和森林。演習完畢回到營房仍然是不停地操作；操課之間的空閒，大家擠在大通倉宿舍，軍官睡上舖，下面是士兵，我

在上舖看書，下面鑼鼓喧囂震天，彷彿要把你抬上半空，我合上書本對自己說：「不行，你必須離開這個淵藪」。

我不是黃埔正科出身，在軍中沒有前途，這樣的職業軍人不能做下去。

在八十軍服役期間是我一生中第二次情緒的低潮（第一次是在濟南做勤務兵時），經常失眠，醫官是我的好友，常常破例給我安眠藥、鎮定劑。在濟南當傳令兵時我認識一個姓王的醫務班長，他也供給我一點安眠藥，所以這些年來我已養成習慣，倚賴安眠藥睡覺，陸軍總醫院的醫生認為我患嚴重的神經衰弱症。

1951 年韓戰結束，台灣海峽早有美國第七艦隊協防，台灣沒有必要維持六十萬大軍，美國人建議縮減一半。我在軍中看到一份傳閱的文件，有一項現役軍人轉為備役的辦法。仔細地看過，再找相關的文件研究，認為這是走出軍營的機會，就按照規定的手續一步步辦理申請。陸軍總醫院有我的病歷，拿到一份「不適軍中工作」的證明，1953 年初我的呈文被批准，就揮別了袍澤，走出了軍營。

我的軍人生涯只能從台灣算起，但這短短的四年多時光，磨練出一付健壯的體魄，一套處世的哲學，尤其是我們經過那個「克難時代」，面對苦難永不退縮的精神。除此之外而最不曾料到的是物資方面的好處，「退役身份」使我有錢念書、有路費出國，僑居海外還領到「戰士授田」的補償、「榮民身份」的優遇。

六四系列

　　六四天安門慘案。對中國人，尤其是海外的炎黃後裔，都是一樁慘痛的回憶。全世界的媒體都對準了這塊方場，中共（其實就是鄧小平）就照殺不誤。是不是以後二十年的安定就是殺來的結果？姑且不論，單對這個手段來說就該大書特書、永誌不忘。

八九民運與比利時華僑

　　1989 年比利時僑胞聲援北京學運的第一個集會是三月十二日，在新魯汶舉行的支持大陸民主運動座談會。這個集會是由新魯汶有華人血統的學人學生所發起組成。北京的情勢日益惡化，四月二十二日學生不顧禁令擁進天安門廣場追悼胡耀邦。當局把學生行動定為動亂，引發了大規模的遊行示威，最後連北京市民、工人、幹部也走入學生的行列。北京僵化的老人政治加上黨內的權力鬥爭，最後對民運採取了鎮壓的手段。宣佈戒嚴、調動軍隊，一時劍拔弩張。北京的緊張局勢不但牽動了全世界華人的心弦；也成為全世界媒體的焦點。

　　四月間比國各地的大陸留學生紛紛致電給北京的學聯總部表達他們的支援和致敬。五月四日台大校友會起草一份旅各界華人聯合聲明，徵集簽名，大意是：

支援一切爭取自由民主、人性尊嚴的活動。

向天安門前請願的學生致敬，並對他們寄以厚望。

熱烈請求北京的領導層順應民意和潮流作出誠意的改革。

　　五月十五日台灣的七個僑團聯合發表了一份內容相似的宣言，連同以上 157 人簽名的聲明兩份文件由黃志鵬、黃永祿二人遞交給中共使館。在這一段時日，中國人見面所談的都是同樣的話題。兩岸三地的學人學生共同投入了這一場運動。布魯賽爾華僑學校的陳德光老師作了一首支援民運歌，其中有這樣幾句：

　　你曾是馬列信徒，我信奉三民主義，過去的不堪回首，

　　不必再提，為了支援北京的民運，讓我們團結在一起。

六四大事記

(一) 六月四日北京血洗廣場，布魯賽爾中共大使館前聚集了華僑、學生學人、外國友人三四百人，抗議北京的暴行。群情激憤，對面的樹上掛滿了白布標語，許多是床單做的。女生哭泣，男生叫罵，有人撕黨證，有人燒黨旗。

(二) 當天下午旅比各界僑胞在中山小學集會成立「民運後援會」

(三) 天安門死難烈士追悼會，六月三十日在馬德蘭大會堂舉行。會場佈置莊嚴肅穆；正面掛滿了挽聯，擺滿了鮮花；四周是展覽的壁報；登臺致詞的有：全比學聯的主席王榮（大陸），比利時留華學生參加過廣場活動的二人親身作証等。

(四) 天安門真相大型資料展覽。是由錢憲和、李天慈夫婦一力承擔。他們用治學的態度從各方面收集資料，加以研判分析，用法文說明，製作了四十四幅大型壁報。錢家的客廳、書房，一時變為工廠，日夜開工趕製；使用的資料如新聞圖片等，還要設法取得原作者的授權；展覽所用的框架器材，都要向各方面商借或購置。這個展覽配合六月三十日的追悼會，第一次展出三天，第二次七月四日起在比京新聞中心大廈展出十天。其後在新、老

求是文摘

魯汶和其他場合展出多次；比國教育部曾借去在許多學校巡迴展覽，原擬印製彩色展覽手冊，惜以政治問題而未果。此展覽資料，後援會籌資出版，是為「歷史的見證」一書，作為「天安門周年紀念」。這本書是極少見的用法文說明「天安門事件」的著作，錢教授花了不少心血。

(五) 天安門慘案百日祭，這是響應大陸流亡人士的呼籲與比利時支援民運的組織聯合舉辦的。九月十二日分別在「馬德蘭大會堂」和中國大使館前兩處進行，巴黎的「中國民主陣線」派副主席曹務奇前來主祭，因為拿不到簽證，只好請人從法國邊境接他們過來。這天上午在馬德蘭會堂舉行祭儀、記者招待會；中午在大便館前示威，晚上馬德蘭會堂有晚會和義賣活動。

(六) 協助大陸學人、學生及民運人士申請台灣之援助。「六、四」期間台灣有一筆基金，對於海外的大陸學人、學生，因參加抗議活動而致公費中斷，生活陷入困境者，可給予2,000（單身）及3,000（有家）美元之援助。後援會成立一個專案小組聘請錢憲和、陳長石、郭豫惠、黃志鵬、唐秉鈞五人負責審查及推薦工作。申請辦法和表格曾廣為傳播，但申請者並不踴躍，合乎條件獲得支援的不過三五人，不久均轉往美國。

(七) 協助大陸學生建立「六、四」紀念碑。魯汶同學會最先發起建立民主女神像的募款活動，全比學聯成立後統籌辦理。雕像的設計和地點的選擇都經過許多波折，最後

是由台灣的留比雕塑家陳迺良先生創作完成，地點選在比京自由大學荷文部（ＶＵＢ）校園一角。後援會向臺灣有關方面申請到二十萬比郎贊助。陳先生是位聾啞藝術家，工作熱誠，不計報酬，這個自由火炬的銅雕和紀念碑，在校園鄰街的一個高坡上，佔地兩千多平方米，「六、四」一周年時落成揭幕，成為歐洲極少數的永久性的紀念地之一。當時主導籌建工作的人，在人力、物力極其困乏的條件下，全憑一腔熱血，到處奔走努力，而終有所成，令人感懷。

六四十周年的反思（04/06/2001）

每年「六四」朋友們都有個集會，忘不了舊情：對這個歷史事件、對自己付出的熱情、對從而建立的友誼、對那「鐵板一塊」而日益腐朽狂妄的政權，種種都是拂不平、揮不去的複雜情節。

人是健忘的、生活是現實的，你怎能苛求！當權的想法消滅罪證；有良知的就該盡力提醒，可是當年的志士仁人、當年壯懷激烈的氣概還能剩得幾許？是不是只有胡平幾個人還在那裏寫他們的千秋評論呢？

這個時候誰還願意再提六四？

可是幾位老友碰頭，聊一聊當年也還不算無聊：

1989 年老魯汶同學會的盧陽、陳世偉、錢海鵬，新魯汶的邊江、張輝，比京的王榮、姚政國（歐共體）等，比國友人

華貝妮、克麗絲汀，僑界包括臺灣、香港、大陸來的許多華人都投入了支援天安門學生的運動，四月間已開始醞釀，五月進入高潮，六四淩晨坦克車血洗廣場，全世界陷入驚駭、哀傷，海外的華人華裔憤怒激昂。無數的集會、無數的抗議和哀悼活動，中國人帶頭把全世界的中共大使館、代表處都抹上了血污和糞土！

特別一提的是貝妮（Benedite Vaerman）她精通荷、法、英、中等多種語文是我們的喉舌，忠誠無私始終如一的好友，從比國校園到巴黎民陣大會，到這一次的聚會她照樣把外交關係做的周到。巴黎「中國民主陣線」成立大會上嚴家琪說的「好像聽到共產王朝的殿堂搖動的聲響」，當時也許搖動過，但不久又穩住了。共產王朝無恙，共產主義無存，就這樣中南海的頭頭在顢頇中揀到了寶、發了橫財，幾年下來，窮人乍富、大小人物都跑出來招搖過市。

加州有個朋友的女兒大學二年級風頭很健，有個上海來的白馬王子終天跟在後頭，他開一部寶馬 BMW 敞篷跑車，一個人住上百萬美元的房子，小青年人倒不壞，說「都是老爸把錢不斷地弄來，叫他守著就是了」。

資本主義的基本原則是公平競爭，加上中國的特色就成了有權就行。

在布魯塞爾有個自由雕像，有一塊任人憑弔的草坪。每年總有幾個老友來這裏碰頭。這個四米多高舉著自由火炬的鐵手，佇立在荷文比京自由大學 VUB 的校園一角。為籌建這塊紀

念地當時全比學自聯主席王榮等人貢獻最多，他們曾向市政府申請黃金方場（Grand-place）一角，也試過在大使館前，幾經奔走考量最後選定了這裏；這是一片寬敞醒目的青青草地，周圍樹木蔥蘢也有開不完的繁花，你來憑弔不一定要帶著鮮花，在四周隨手折幾枝插在雕像的指縫裏也挺有意思，從各方面看來這個地點是選對了。

關於徵求設計也化了無數心力。王榮從巴黎帶回幾份名家設計，幾經研討採用了皇家藝術學院一位聾啞生的創作藍圖；他叫林良材，來自臺灣的鄉村，自幼聾啞，是一位全心投入堅毅卓越的藝術家。資金方面有同學們的街頭募捐、僑胞的集款和臺灣文化中心的資助。中心主任舒梅生先生是位職業外交家，雖說年長學養深厚，他也滿腔青年人的熱血，同情學生，支援僑界「民運後援會」的活動。

林良材的工作坊設在運河邊上一個陰冷的庫房裏，是臨時找的免費場所。整個八九年的冬天他都窩在那個四面透風的倉庫裏敲打，到雕像基本完工時大家力盡筋疲，有人說「簡直連再看它一眼的力氣都沒有了」。

落成典禮揭幕儀式（1990.06.01）非常隆重。VUB 邀請了各大學校長、文教界人士，六四的各路好友。「民陣」從巴黎派來一位新逃出的學生幹部楊浩作證，有不少名人講了話。印象中盧陽代表中國留學生英文致辭簡潔明快，非常得體。

說到盧陽想起他那一雙溫厚的手，第一次握著他的右手，心說「此人方面大耳、身材壯闊、南人北相是總理的樣子」。

後來見他組織活動、奔走斡旋，細密果斷，又想「果然所見不錯，說不定就要上路了」。不久他愛人劉捷拿了藥學博士；他放棄了到手的學位和幾位難友在布魯塞爾開了家絲綢成衣店，兩人把法文也說得朗朗上口。劉捷在南加大得到個職位，1998年他們帶了兒子川川移民美國去了。

王榮自始不願意流落海外，早就決心回國；但她卻不顧後果籌劃推動這些工作，「百日祭」她登臺痛斥暴行令人難忘，雕像揭幕之日她人已離去。林良材那年返台也沒出席。

趙紫陽的改革樣板，四通公司對天安門的學生支援最力。四通的總裁萬潤南、副總曹務奇都逃亡巴黎。「天安門百日祭」曹來主祭，他三十左右，山東大學物理系畢業，祭堂儀式之後再轉往大使館前的集會；我當司機，同行的有陳世瑋、林曉蔚；務奇是山東老鄉，在巴黎已經見過，他的演講真摯感人，接受媒體訪問從容得體，一代菁英器宇不凡。在巴黎落魄幾年後也轉到洛城，如今從事旅遊事業，相當發達。

「百日祭」過後不久，陳世瑋車禍喪生是好友們最心痛的事，追悼會在老魯汶舉行。場面蕭穆隆重，是我生平參加過的這類儀式中最精緻最感人的一次。直像一幕高水準的歌劇。小鄒縞衣端坐，哀而不卑恰如其分。世瑋生前和我有多次深談：說他父親是國民黨撤退時留守成都的軍需，他是天生的黑五類，艱苦的求學、戀愛和出國的經歷。

第二個永訣的是張輝，他和沈敏一對來自武漢，體格魁梧、相貌堂堂、運動健將。六四當天在大使館前撕毀黨證聲明

退黨證的第一人。不久發現癌症纏綿多年，末期住進大學醫院St.Luc，離我們家最近，常去看他，有很多長談，他始終清楚，頭一天晚上還放一束花在他床前，第二天中午過世，他研究室的同事都到了。他是學物理的，有輝煌的研究成績。

錢海鵬和克麗絲汀是因民運活動結識而成眷屬的一對。她從廣場上撤退回國作了我們的見證和翻譯。他們的婚禮非常隆重是傳統的歐洲模式，六四的朋友們去了。海鵬學自動控制而文采斐然，常為報刊撰稿。1990 年負責「民陣」分部辦了許多活動，次年提論文拿學位，立即被比國電纜公司延聘，之後派駐上海當總裁。克麗絲汀任職瑞典的 EKIA 也是跨國公司，目前都調去美國。

最後不可不提的是邊江和陳麗蓓一對。他們是最早大陸從重點大學的新生中選派的公費生，從大一念起最優秀的一群。六四那年邊江是新魯汶同學會主席，許多聚會都在他們那間學生宿舍舉行。次年參加邊江的論文辯論會（化學專業、環保問題）。他以特優及評審委員會的致賀通過（La plus grand distinction avec félicitation de jury），接著就被比國第一家高科技研發中心 Salvay 網羅，最後又被美國人挖走，麗蓓畢業後先在英國教書，目前也被美國高科技公司羅致。她在英國教書那幾年我們常邀邊江去唱歌，他學歌很快，最常唱「我怎麼哭了」。雙胞胎出世把生活型態都改變了，現在是兒子至上。

（2001.06.06初稿）

與好友論喬冠華

(01/11/2003)

耀祖：

　　我迫不及待把那本「大紅門」略讀一遍、又迫不及待地要和你談談第一個感想。我永遠不能忘記喬冠華作為中國的首席代表在聯合國大會上第一次發言那爽朗地一笑。這張照片曾出現在世界各地的報刊首頁、也成為中國人的驕傲；此後他就在國際外交舞臺上縱橫裨益、叱吒風雲許多年。這些豐功偉績，大紅門中都有詳述並附相片為証。

　　我還不能忘記的一個鏡頭是 1975 年四人幫的瘋狂時期，喬冠華手持紅色小書走在北京遊行隊伍的前頭，魯汶的老同學施光曾感慨地對我說：「怎麼喬冠華也投降了！」

　　「大紅門」對這個事件有極端痛苦但又非常隱諱的辯解，這大概就是你指出她吞吞吐吐的地方，當然喬的那張遊行照片也不會出現在書中了。

　　我很容易被說服、又常往好的一面想，先說喬冠華吧。

我對他始終保持著敬意和欽佩，他不僅是天才橫溢，而且個性率真，我覺得與其說他是個外交家，寧可說他是個詩人、藝術家。他在國際舞臺上的那些神采飛揚的揮灑，你可以試想作李白的行吟、梵谷在畫布上瘋狂地塗抹、或者莫札特在琴鍵上的宣洩。當他置身於熱烈的辯論中時，他是全神貫注，進入一個忘我之境。

　　這樣一個性格明星他能在外交戰場上衝鋒陷陣、所向披靡；在國內政壇上卻是不設防，不會應付毛澤東宮廷中的權力鬥爭，以至腹背受敵，這也是可以理解的。他是周恩來的愛將，幾次救他於水火之中，兩人情若父子，以至使他在周去世的葬禮中如喪考妣，不顧任何政治風險表達他的哀痛：願做孝子送他一程，跑去天安門參加群眾的弔念，對記者毫不掩飾他的感受。可是怎麼會一轉眼又被打入四人幫的陣營？這真是中共高層權利鬥爭的絕招，只有老共高幹才懂。他被振出局是四人幫垮臺、鄧小平回朝之際，從此外交圈子再沒有這二人的蹤影。大紅門不能明說真相，是不是由於直到如今還是鄧家的朝代？

　　不解之處再來就是王海容在書中的位置。她在外交部資格老，後台也硬（也是老毛的故人之女），喬冠華風光時代的大戲如吉辛格、尼克森訪華，中國進入聯大，她都參與，但大紅

求是文摘

門中卻很少提到這位禮賓司的負責人，喬冠華生前死後，作者提到許多幫過她一把的人中也沒有這個人。

現在來說章含之：書的扉頁「關於這本書」中說她的身世之迷，說章士釗是她的「養父」不知何意？作者對自己的身世在書中有明確詳細的交待，只有對她第一次婚姻卻甚少著墨。她和喬冠華確是人中龍鳳，二人結褵是很正常的；他們的愛情細膩雋永、非常感人。尤其是在喬去世以後，章含之為他所做的一切，包括寫出這本書，都是令人欽敬的；她的文筆細致流暢，寫情、寫景、寫傷懷、寫場景，爐火純青，散文也是一流。

這本書敘事的真實性我不懷疑，吞吐之處也可以理解，前面說過我很容易被說服，遇事常往好的一面想。喬冠華始終是我敬佩之人，有生之年希望也能到蘇州東山他的墓前一祭。

（01/11/2003）

法輪功系列

(02/03/2006)

　　二十世紀末期，中國大陸出現了一陣氣功熱潮。法輪功是許多功派之一，成長很快。初期受到當局的鼓勵，一旦形成了民間的群眾力量，共產黨就無法容忍。不僅是法輪功，其他功派、連宗教也不行；對法輪功的制裁，江澤民主其事，採取了過激的手段，形成私人恩怨，雙方拼搏、你死我活。法輪功一個民間組織，挑戰「中南海」，其氣勢之勇猛、策略之機動靈活，把一個專門整人的政體置於被整的位置，花樣百出、愈戰愈勇，不能不令人欽敬！筆者曾經全心投入法輪功的修練，參與過許多集體活動，但卻無法放棄長年培養的理性，漸漸地脫離了主流，選擇了自己的修練道路。

一、我的評鑑和抉擇

　　以上和以下我對於法輪功的解說，完全是依照自己的瞭解與體會，要依李老師的說法，那是破壞大法。所以我不僅不是一個大法弟子而且是破壞大法之人。可是一日拜師終身為徒，李老師是我終生尊敬之人。

　　1998 年我帶著一顆打抱不平的心情進來，卻從未放棄過多年來在社會中培養出來理念。在轉法輪中有許多原則符合我

的這些理念，譬如「真、善、忍」、與人為善、去掉許多常人的執著；許多教條是我願意終身奉行的。至於練功就更值得投入和推薦了。人到晚年應當經常做一點身心的運動，法輪功的五套功法是擷取了中國傳統的氣功精華，簡單易學、一步到位。所以我選擇的修練方式是：經常練功，四套動功、一套靜功。除在家中練，也去公園與大夥一起練。常記取轉法輪中的教義，身體力行；但不參加「學法」、籌辦活動和其他集體活動。

我既然已經是破壞大法之人，就不妨一吐心中的疑義：「忍」是大法弟子修練的要義；遇到問題先「內找」（檢點自己的過失、力求改正）更是法輪功修煉的基本態度。至於「不與人鬥、不與人爭」就更不必說了。目前法輪功與中共政權的殊死鬥爭是一步步升上來的，繼續發展下去沒有結局。江澤民聲言要在幾年之內消滅法輪功，使用了無所不用其極的手段，到現在人家越來越壯大；法輪功也祭出一切法寶：「發正念」、「說真象」、「九評」、「退黨」……。真能「退垮」共產黨嗎？

「中共」呀！你主宰十三億人口的大國有多少正事要幹，為什麼跟一個宗教組織拼得頭破血流、鼻青臉腫，多不好意思！你是家長為什麼不能尋求對話，和平解決呢？

二、下面敘述我的練功經驗：

我的修練歷程—My way of cultivation（29/03/2003）

我出身於一個破落的舊大家，卻充滿了天倫之樂和愛心。少年時代就開始顛沛流離，但每到窮途末路的時候常常出現轉機、走入順境；於是覺得祖上有德，自己也常懷著善念。

1999 年四月布魯賽爾的長青會聚會，請法輪功學員作示範介紹。我練過多年太極拳，也學過氣功，對他們的示範介紹很有興趣，當場買了一本轉法輪和練功錄像回去。讀了一遍轉法輪，印象最深的是李老師之為人：他誨人不倦、直言無諱、對人負責、言人所不敢言；這些性向很對我的脾氣，但當時並沒有修習的意思。

不久大陸上開始鎮壓法輪功了，手段無所不用其極。我非常不平，決心投入法輪功的修練，並在僑報上給老師寫一公開信，表示基於人道的理由從今天起我投入法輪功的修練。

我是退休之人有很多空閒，每天在後園草地上練功，客廳中看錄像、讀轉法輪，身心都感到日有精進。我健康上沒大問題，但毛病不少；從小睡眠不好，吃慣了安眠藥，青光眼三次開刀，至今每天三次滴藥控制眼壓，常人的陋習除了不抽煙其他的實在不少。可是修練不久奇蹟出現：睡眠好起來，惡習都能輕易地放下；正如師父在轉法輪許多章節中提到的「這是從功中反應出來」，從此深深地體會到大法的神奇。

七月間我參加了巴黎的法會，受益良多。九月和老伴一起去加拿大探親訪舊，一路上閉眼就能入睡，睜眼就能工作，太舒服了。出發前聯繫好沿途的修練點，一路交流並向親友弘揚大法，許多奇蹟不斷出現。

從蒙地卡到多倫多一路都有奇蹟，而真正的奇蹟還是在溫尼伯（Winnipeq），探望三十年前在布魯賽爾，共住一棟小樓的魯汶校友王氏夫婦。他們七〇年代來此創業，八〇年代生意鼎盛，九〇年代後期加拿大經濟滑坡，情況困苦。但是自從接到我們要來的消息，好事接踵而至。先是銀行同意重組貸款結構，紓解了財政壓力，接著保險公司提前支付他們的人壽儲蓄，拿到一筆現金；為我們的到來裝修房子，最奇怪的還是一見面女主人就先向我們打聽法輪功。

　　王氏兄弟兩家在這裡打拼，由於經濟困擾內部關係失和。我們深信只有提高心性才能改善關係、走出困境、進入祥和。在這裡我們停留了五天，帶他們兩家和全體員工練功學法，他們在這個城市建立了第一個練功點。

　　師父在《轉法輪》第六章中說：「因為你是練正法的，一人練功，別人要受益的。」又說：「一旦人走上修練這條道路的時候，那麼他的今後的一生，都不會有偶然的事情存在（法輪佛法「在美國講法」）正是「佛光普照，禮義圓明」。

　　2000 年三月，我基本上已經放棄了一切醫藥，惟獨眼藥不敢停止。一天凌晨正練靜功，雙手結印深度入靜，忽然眼前出現一片景象（閉目），置身一個湖邊，眼前有樹木、遠處有山巒，越來越清晰。激動不已，起身跑到樓下客廳捧起「轉法輪」熱淚滾滾。後門玻璃窗外是一片星空，坐下來重新入定，剛才的景象再度入目，更加清楚：遠山雲霧飄渺，水邊近前的樹木枝葉歷歷可數。日記 2000 年三月九日上記下經過，並把所

見景象描繪下來。日內瓦 2000 年三月廿日的法會我與老伴一起參加，比國同修乘火車前往，過了法國進入瑞士、火車沿湖而行，遠山、近水、樹木正如天目所見，更加強了修練的信心。

去日內瓦之前已把眼藥停了，但例行的檢查還是去的；普通三個月一次在家庭眼醫診所，每年一次在 UCL 大學醫院。我的主治醫師是青光眼權威 Mme Detry，她給我開刀三次，停止眼藥一年後我去看她，初步檢查一切正常。我向她坦白一年來停止了她的處方，從事法輪功的修練。她很驚異，為我訂了整天詳細檢查的約會，從上午九點到下午八點做完。她說：「你的狀況很好，繼續你的方式吧！希望你明年再來看我！」

這是 2001 年年初，此後我就更少和她們往來。2003 年元月卅一日，我依約去看 Mme Detry，距上次檢查整兩年，她笑著說：「你還是不用眼藥」，我說：「不僅眼藥，任何藥物不沾」。這天是農曆除夕，我原本擔心她檢查費時，沒料到上午就全部做完。她說：「恭喜你，比上次還好，明年再見吧！」

回顧四年來的修練歷程，發現自己常常停在原地不動，雖然一些關過去了，一些常人的思想觀念還難以根除，有些執著放不下，有些矛盾解不開反反覆覆；但修練的意志是堅實的，向善的心也是永遠不變的，一時去不掉的執著、解不開的矛盾暫且略過，深信會在修練提升中理順。

(三)日內瓦法會所見、所感、所思——

Geneva Conference 16-19/0303 What I see, I feel and I think

1. 所見

這是我第二次參加日內瓦法會。上次 2000 年四月是與老伴同行；這回她去台灣開會，就跟豎堅夫婦一道，他們租了一部九人巴士，我們一夥把車箱塞得滿滿的。天氣很好，九時出發陽光普照，氣氛愉悅祥和。

阿堅開車熟練、認路準確，南下走 Luxembourg 進入法國，過 Strasbourg 進入瑞士，全程約行十小時；一路交流、讀法、說笑、野餐，十小時轉眼而過。

車上有立新、朱太、小潘、周荃、阿堅、小駱和黃三之外還有兩個青年：

Filip Petitjean 卅歲、Gent市人，大學社會系畢業。四年前患精神方面的疾病（psychosis），住院兩年九個月，去年得法，專心修練，半年不到完全康復。他要求醫生停止服藥，醫生勸他遞減藥量，他自信已無問題就停止一切醫療。他的父母和朋友都不能相信他能有今天的情況。這次旅行他負責會計財務，周密而謹慎，分毫不差。

Johan Sermon 廿一歲、家住布魯賽爾，自幼體弱多病，西醫查不出病因，他就尋求東方的健身祛病之術。學過瑜珈術、太極拳，兩個月前他跑來公園的練功點學法，小駱熱心教導，第一天就發生奇效，他在雙手合十的時候手心發燙、熱氣騰

騰。從此一心修練、日有精進。參加這次法會，一早他父親送他來搭車，向大家致謝。

住處仍在大學城 Cite Universitaire（Crets-de-Champel），合住一個大房間，九人之外還有西班牙和荷蘭來的幾人，以下分別介紹：

西班牙的陳老太太七十八歲，遇到過多次。三年前她爬高取物失足跌下，竟然毫髮無傷，傳誦一時。這次遇到叫我看她的眉毛頭髮，我看不出奧妙，她說眉毛多年前就掉光了，去年還想去紋眉；頭髮早已禿了頂，你看現在都重新長出來。果然眉毛是自然的，滿頭花白的頭髮一點不假。

西班牙的申屠青是從比利時轉過去的和大家都熟，他帶來一個新學員名叫 Luis Alberto，二十多歲，建築工人、業餘足球選手。右手包紮綑綁吊在脖子上只露出兩個指尖；原來三個月前踢球受傷，沒加理會繼續做工，後來發炎腫痛才去醫院治療，小指骨折，上了石膏。申屠教他煉功他覺得減輕了疼痛就專心學法。他給我看他的小指已能轉動，想不到第三天他就把繃帶拆除，手臂洗淨，竟看不出傷痕。

這個房間有九張上下床舖住了我們十五人。除了上述的幾人還有荷蘭來的二人：陸武二十出頭，剛從國內出來，程度好、頭腦靈活，已經修練多年；另一個荷蘭青年 Edivin van Boxep 廿五、廿六歲，也很聰明靈活。

會場仍設在 Grand Casino 的大會堂，座無虛席。整天九點十五至下午五點半，除短暫的休息外有十多人上臺報告非常緊湊，篇篇精彩、感人至深。印象最深的有以下幾人：

美國來的輔導人員報工作經驗，內找失當之處，不僅是修練人的榜樣，也提供常人一個修養品德的模範。

瑞典來的原籍尹朗的 Mrs.GULLI 運用她的人脈和語文能力進入伊朗宏法傳功，在多處建立了練功點站；譯成波斯文並出版了「轉法輪」和多種經文。

以色列的 TANYA 祖籍俄羅斯，曾患癌症，切除了許多器官，正在生命垂危的關頭一個護士教她練法輪功，竟然痊癒。從此投入修練與宏法，她是第一個在以色列建立點站的大法弟子，她也去過天安門宣揚「法輪大法」沒遭受傷害。

加拿大來的弟子講述營救同修的經驗，在緊迫的時間中從毫無關係、無從著手到打入主管機構，苦苦哀求感動了主管人員在最後一刻批准放人，從而建立了溝通的管道。

西班牙四十一歲的執業律師 Calos IGLESIAS 在爭名奪利的半生中墜入健康和事業的谷底，絕望中得法，苦讀轉法輪，投入修練，身心獲得重生，這只是兩個月前發生的事情。

瑞士的 Mrs. Catherine 四十多歲，六歲時做夢在門前的山坡上看見一個中國僧侶向她展示一本書，這個夢清晰深刻，四十年後她聽李老師講法發現就是他夢中之人，從此專心修練，改善了和丈夫兒子的關係。為了向中國人講清真相，她請中國同修把她的法文信翻成中文後，依著描寫複印寄去大陸。

每個人發言二十到三十分，講的都是親身經歷、肺腑之言，激動處泣不成聲。

交流會下午五點半閉幕，晚上音樂會在同一場地九點開始，大家在原地休息散步用餐。

Concert de Compassion 慈悲之音（16/03/2003 21:00）

音樂會的主題是受害者的哭訴，演出者多半是受迫害的大法弟子或家屬。有一位大陸知名的演奏家，一家人都是大法弟子，身受迫害，兒子還在牢獄中，他們夫婦和女兒都有精彩演出。

幾場舞蹈非常精彩，大法弟子人才濟濟。

17/03/2003 8:00-17:00 遊行示威、聯合國廣場練功請願

星期一上午八時，來自四十多個國家的一千多人在市中心公園集合，人人手持標語，陣容整齊，穿過鬧區，沿途散發傳單，到聯合國廣場集合，陣式已經規劃好，橫豎成行排列整齊，開始練功請願。這兩天以來各地區為營救同修所作的簽名文件都收齊遞交各相關組織。

這一天的集體活動到下午五點結束，回住處用餐後還有小組交流。

星期二繼續在市區練功宏法，重點節目是下午三時在聯合國廣場匯整非政府組織（主要的是民運組織），聽取聯合國人權委員會的簡報。重要的新聞是國際刑事法院接受法輪功對江澤民及某小組對大法弟子的慘酷迫害的控訴。

2. 所感

對於五天中親眼所見、親身體驗的事情，有很多感悟。常人說「精誠所至金石為開」、「知其不可為而為之」、「置之死地而後生」；對修練者來說就是一心修練別無所求，奇蹟不斷發生，科學不能解釋的事情太多了！

在會場上又遇到老友陳滿江，她是我五十年前法文補校的同學，她修得很勤很深，也有一個感人的故事。又遇到台灣的那一隊老兵，他們依然那麼精神抖擻。

還記得上次參加法會（2000 年三月），一個加拿大來的年輕人報告他的經驗，給我的印象最深。他是義大利後裔，五個兄弟中的老么，兄弟從小爭吵打鬥；他自己賭博、吸毒、偷竊、強暴壞事幹盡。大學把他開除走到絕境，對人生感到徬徨；他母親是一個大法弟子修練有年，他這時忽然發現為什麼她永遠那麼平靜安祥。幾度轉折也走上修練之路，很快戒除了一切惡習，重新入學讀書走上新生之路。此人名叫 Joel Chipkar，母親 Coonie 在同修中享有盛名。

台灣的法輪功政治名人張清溪教授曾說：要改造社會從教育上著手是根本之道，但是通過教育改變一個人是漫長的過程。法輪功從根本上改變一個人是幾個月甚至幾天的事情。

Joel 的故事還有下文：我們比利時的同修二十出頭的漂亮女孩熊俊 Cissy，出身大法家庭，十八歲來比進荷文學校，兩年後做英文、荷文翻譯、做正法弘法工作。2002 年去 Toronto 參

加法會與 Joel 重逢，二人志同道合，人中龍鳳結為夫妻，建立第二代大法家庭。

3. 所思

瑞典這個仁慈的國家和人民

　　瑞典國家和人民對法輪功的支援太大了，他們不僅從本地的立場上支援，並且以他們原來的文化關係到外地去弘法正法。他們與大法結緣，如果用常人的觀念去解釋，那是出於對受害者的同情。這種仁愛精神不僅表現在對待法輪功上，對待其他的受害者亦是。台灣在蔣氏戒嚴時期的異見者彭明敏教授，逃出國境第一個庇護所也是瑞典。高行健靠瑞典人的幫助才獲得諾貝爾文學獎。

黨機器陷入泥沼

　　中國是一黨專政的體制，新聞機構都控制在黨的手裡，要把誰抹黑就把誰抹黑。想不到大法弟子雖然遭受到殘酷的迫害，他們竟敢堅持和平請願、說明真相，在全世界範圍宣揚大法的威德、揭發迫害者的惡行，他們反宣傳的策略和陣勢比一言堂的宣傳機器更加靈透；想當年在政治運動中他們只管打人，無人還手，今天也嘗嘗挨打的滋味。且看最近的事例：

　　2002 年十月江主席訪美期間，受迫害的法輪功學員及親屬以群體滅絕罪 Genocide 告上美國聯邦法庭。被告是現任國家主席及專門鎮壓法輪功的 610 辦公室。這個案件已經正式進入司

法程序，將來的判決在美國境內會有一定的效果，而現在已經達到了宣傳的目的。

歐洲國際刑事法庭也受理了同樣內容的控訴，在星期二18/3/03下午日內瓦聯合國新聞發佈會上正式宣佈。

不管中國的領導人們走到那裏，法輪功如影隨形就會跟到那裏，他們去冰島訪問，那裏原沒有法輪功的點站，歐洲各國的學員跟蹤而至，在當地情願弘法，獲得當地居民的同情，從而建立了據點。

真不可思議！一個專門整人的政權竟然落入了這個泥沼，愈陷愈深，無法脫困。

2006年日內瓦法會摘要—Lundi 03/04/2006 遊行示威

遊行的行列很壯觀，標語旗幟和一些驚人的作品、都是學員們自製的，大部份將材料帶來，連夜趕工作成。瑞士當地學員做的石膏模型（一種白色類似石膏的資料），表現中共殘害大法弟子的場景，非常生動驚人，是高水準的藝術作品。每一座都要四人或六人擡著。早餐後八時步行到公園集合，整理隊伍出發，警騎開道，鼓樂隊領頭，接著各種標語、旗幟，模型，兩側擴音啦叭用英、法、德等語文解說殘酷的迫害，他們不時帶頭高呼口號，隊伍跟著叫喊：「退黨、退黨、退

埼中國共產黨」，「Plus PCC」「NO, NO, CCP」。發傳單的不放過任何一個行人及觀眾。

湊巧兩部遊覽車停在路旁坐滿了中國人，有人兩手提著購物袋正要上車，問他們從那裏來？說東北瀋陽，問他們知道

「蘇家屯」事件嗎？他說：「你們胡說八道」。這些人都衣著闊氣，買的是奢侈禮品，他們是高級幹部正意氣風發，卻趕上遊行隊伍，部分遊行者把車子團團圍住，標語和迫害的圖像、犧牲學員的靈牌舉到車窗上，僵持許久才散。

穿過長長的鬧市停止在聯合國人權委員會大廈前的湖邊。旗幟、模型等各種遊行材料都正對大廈、安放停妥，開始練功、發正念，周而復始，一遍又一遍。七時後燭光守夜直到九點結束，這是最長的一日。

右邊圖片這個女孩名叫楊琴韻（右），就是法會上最後一名發言人。她講的是「在學術會議上說明真相」把聽眾都感動得流淚。她生在瑞士，受西方教育，卻講得一口流暢的中文，爸爸楊善民是政大外交系畢業，1964 年出國留學的，

求是文摘

旁邊是她母親。法輪功有那麼多菁英，尤其是那些青年弟子[23]、外國學人，他們專誠修練，一心向善的態度感人。

瑞士的公車是上車前在車站的機器上打卡換票或投幣買票，與比國車上打卡或買票不同，許多人買了卡片未能打卡就上了車，下車後才知道，白坐了一程，他們就自動去機器上補打一次。在常人看來有點傻，對他們這是理所當然。

Mardi 4/4 回程

上午遊行到聯合國廣場前結束，這個原來有個三隻腳椅子的廣場正在施工，椅子也不見了。活動結束開車回程，在山上的景點停下來照相留念。Nicola 比利時電訊局 Belacom 工程師（右）、Jahan 還在讀大學。後面的阿斌中國餐館的大廚，他是個製作專家，木工電工剪裁佈置無所不能，一切活動的主將之一。

四、向吳葆璋先生致敬[24]

昨天的九評研討會開得很好，您和兩位民運人士的演講都非常精彩，聽眾中也有許多精深的發言。對於您的講解有許

---

[23] 比利時點將錄：楊立新，比京自由大學VUB計算機新科博士；何愉，根特大學2004年生物系博士（以上二人都是最優成績）；Nicola VUB電機工程師，Sivio，Gent大學畢業，美國數理及中國哲學雙學位；Filip Petitjean, Gnt大學經濟系畢業；Yve VUB工程學位、研究員……不勝枚舉。

[24] 吳葆璋先生從事新聞行業40餘年。1989年「六四血案」爆發時，身為新華社駐巴黎記者的吳葆璋先生，在法國電視中看到中共軍隊屠殺學生的場面後，憤然交了辦公室的鑰匙，義無反顧地離開了新華社。此後，吳葆璋先生一直在法國國際廣播電臺中文部工作，退休前曾任該電臺中文部主任，現定居法國首都巴黎。

多地方使我茅塞頓開。我生在大陸,十七歲到台灣,在台灣當兵、讀書、工作十八年、出國後又因老母和家人在故鄉受苦,文革期間便年年返鄉探母,對中共也有相當瞭解。昨天我曾作即席發言,但以情緒激動未能言所欲言,特作補充如下:

1. 台灣人的反共意識低落,誠然:晚期移居的大陸人,受主流派對當年國民黨初期政策的報復反彈,受到壓抑,把一肚子窩囊氣寄託在中共身上,希望為他們撐腰;謝長廷曾把他們喻為吳三貴「引清兵入關」;台商在大陸投資,備受優惠,利益滿貫,為什麼反共?當年的老兵退役回老家養老,按時領到台灣匯來的薪俸,一家受益,也沒有反共之理。誠如先生之見,陳水扁今日的王牌是「不爭統獨、爭制度」,你若施行民主,放棄一黨專政,咱們再談統一、「一國兩制」、九條、十條無人上當。

2. 誠如先生所說,中共專政的最大利器是傳媒,一切訊息掌控他在手裡,要把誰抹黑誰就是黑的,要叫誰當英雄誰就是英雄:要殺要打無人還口還手,最多是以自殺來逃避更難受的折磨。當年馬寅初受批判時滿肚子理由無處發表,只急得在屋子裡打轉。

3. 今天遇上「法輪功」真是「天作之合」:我們不還口、不還手;可是我們要「講清真相」,你是怎樣迫害我們,要讓人知道你共產黨是什麼?從根挖掘、人贓俱獲,你怎麼不辯解呢?你要三個月消滅我們,我們卻日益茁壯。你江澤民喜歡招搖,退休了怎麼不出國玩玩?

求是文摘

中共何曾遇到過這樣的對手，他一向是罵人打人殺人，誰敢說個「不」字？今天九評是打你的左臉，順手一帶又正中左腮，哪是「退黨」，真是想得出來。

4. 關於國勢與國際地位：最近國內反日的民氣激烈，政府對日本態度強硬，日本政府前倨而後恭，其首相終於親致歉意，一時國威大盛，中國人面子十足。許多人以為沒有中共就沒有今天的聲勢，這一論證自有道理；可是如果進一步分析「建築在中共這樣的極權專制的政權下的國勢和武力」，對於國家民族不是好事！從何說起：中共今天的國防力量比當年的希特勒、法西斯如何？比當年侵略中國、發動太平洋戰爭的日本如何？恐怕中共的武力今天也還沒達到當年他們的水平。你今天有幾艘航空母艦？比當年的日本還相去甚遠。可是這兩個政權給人類帶來空前的災禍，也把自己的國家和人民帶入悲慘的境地：想想二戰晚期他們所受的報復：歐洲聯軍反攻、德國一片焦土，柏林幾乎被俄國人夷為平地；至於日本吃了原子彈，人類史上最大的慘事。這都是由於狂妄專橫的政權所導致。

黃三敬上 2005

布魯賽爾的中學
―為初入境的外國學生所安排的的特別學程

(Ecoles humanitaires de Bruxelles 02/09/2005)

　　王斌沁原籍福建，忠誠篤厚、樂於助人。夫妻在比利時打黑工十年，終於獲得合法的居留，才能把兒子王武從故鄉接來。王武虛歲十七，身高一米七八，相貌英俊、反應靈敏；在家鄉念完初中三年，未能參加畢業考試，只有初中兩年半的成績。來到後托我為他安排讀書的事。許多年來我為自己的孩子、親友的孩子讀書，接觸過一些學校，就擔起這件事。經過一番奔走，為他安排了一所比較理想的學校，又增進了我對這方面最新情況的瞭解，就把它記錄下來，以供後來的人參考。

一、法文補習學校：

　　外國學生入境大都先學法文，最常去的有兩處：法國人辦的 Alliance Francaise 和比國人辦的 EFCA，後者大家都知道不必多說；Alliance Fracaise 近年有些改進，略加說明：

　　地址搬進大樓 26, rue de la Loi, 1040 Bx, Tel 02/7321592

　　學程：各種程度、班級，要電話查詢。帶王武去時七月中但八月份開學的初級班必須註冊，以保留位置。每周一到五上午密集課。為了加速學習，問他們可否也參加夜間班，人家說

不必，你可以去四樓圖書館中的練習室，有視聽設備，把上午學的在那裏反覆練習，不另付費，一個月的學費 400 多歐元。

二、普通中學：先從幾個熟知的中小學說起。

普通中學一般不收法文不能跟班的學生，有些華裔青年具有相當法文水平，也進了這類學校。

（一）聖心女校：

Centre Scolaire du Sacre-Coeur de Lindthout

2 Av. des 2 Tuilleurs, 1200 Bruxelles, Tel.02/7365149

這是一所著名的天主教學校，從幼稚園到高中，有許多班級。原來只收女生，大約從八十年代中開始接受男生；校長是教會人士、女性為主，七、八〇年代安修女做校長，八十多歲退休[25]。教會學校重修身，每天都有教義課程，教人以愛心、忠於職守，對社會盡責。

（二）聖比丘學校

和聖心齊名的男校是聖比丘（Staint Michel）學校，也是天主教辦的，組織更龐大複雜，中學部極負盛名，華裔子弟從這裡畢業事業有成的也有一些。正規的學制之外還有專修神學的教會學制。建築宏偉、佔地廣闊，有數不清的教室、禮堂、聖堂，提供許多活動場地。

---

[25] 安修女Mere Anguet現在已九十多歲還在校中擔任名譽和義務性事務。教會家庭出身，兄弟姊妹都是神父修女，她的哥哥安神父Emmanuel曾在中國傳教說山西話。

（三）艾德拜克皇家中學Athenee Royal d'Etterbek

和這個學校往來有廿多年了，當時校址是 Av. 11 Novembre，校長是位女士，介紹過幾個台灣來的學生，成績優異，留下很好的關係。兩年前孫女婉婷高中畢業，年底來到，帶她來做自由生，學校為她安排特別課程，以利來年升學。這時該校已經大為改觀，校名和地址都變了：Athenee Royale Jean Absil, Av. Hansen Soutie 27, 1040 Bxl Tel 7365976。其實是在原來的校址上改建擴充，正門改在另一條街上。

（四）Institut Saint Stanislas

這所學校是十多年前姪兒黃覺民高中畢業的學校，也是比京名校之一。

以上這幾所中學。只選了第三和第四兩校帶了王武去申請。一般習慣應先打電話約定，但註冊期間秘書處特忙、不接電話，只好冒然跑去。先去 Athenee Royale Jean Absil，門房太太還認得，說明來意也帶了可能用到的文件，秘書接見了，提到最近畢業的三個學生，變得很客氣，把文件留下說優先考慮。等了三天還沒回電，又去了 Staint Stanislas，秘書直接說他的法文沒有基礎、無法接受，但可以介紹一個適合他的學校。從此我們才認識了一些學校專門為初抵比國的外國中學生安排的特別學程。

三、一些附設特別學程的學校

　　教育部選定幾所中學，安排特別法文訓練班接受初到的外國中學生、叫做語文培訓班，「Primo Arrivant」。就是先給六個月的語文加速訓練，之後按原來學力分到各班上課。阿斌請假陪兒子，我們首先去了 St Stanislas 介紹的學校。

（一）包端國王中學

College Roi Bauduin，Av.Felix Marchal 62, 1030 Bxl, Tel 02/732 13 25,

　　排隊接受測試，一位老師帶他到三樓圖書館，叫我們三小時再回來。按時回去，老師說你們可以回家了，聽候通知。第二天電話來了，「測試結果不錯，但問題是六個月法文訓練之後，要隨班上課，他們三年級已滿，不能安插，已和另一個學校聯繫，尚有空位，明天就帶去註冊。跑了這麼多天未能註上一所學校，一方面挫折感很重，另一方面愈挫愈奮，非要找到一所理想的學校不可。

（二）梅聖埃主教學院

Institut Cardinal Mercier, Bd. Lambermont 7, 1030 Bxl,

　　9 月 5 日星期一再帶了他們父子前往這所學校，由於包端國中把他們的測試結果轉過來，就直接註冊，連講義、課本都有了，也見了法文老師。星期五九時有一個歡迎茶會，歡迎家長帶學生參加，下星期一正式上課。這個學校距離他們住家很近，老師和工作人員都很熱情。

（三）艾沃爾皇家中學 Athenee Yoyale de Ever

　　註冊後的第二天艾德拜克區的 Athnee Royale Jean Absil 中學也有回電，他們推薦去這所學校，也是有法文特訓班的，已經和校長 Directrice Mme Coppens 聯繫好，註冊沒問題，他們很負責，去電致謝。

　　現在正式上課三星期了，王武已完全習慣了學校生活，法文課沒困難，數理方面的課他表示太容易了，相信下學年從初三念起應無問題。　　　　　　（2005/09/30追記）

在台所遇所感
——一個愛國老華僑的心聲

一、寶島台灣是我的故鄉

民國三十八年我十七歲、當兵來台灣，退役後再念高中、考聯考、上大學、研究所、工作，1966 年獲得比利時魯汶大學獎學金出國。在比國法讀書、結婚、創業、定居，迄今四十年。在大陸我有一個溫馨的童年，之後盡是慘痛的回憶，包括我回鄉探親以後的所見所感；所以有人問我：「你的故鄉在那裏？」我毫不遲疑地回答：「台灣」。

二、所見、所遇、所感

經常回來、每次都有深刻的感觸；這次更多，試舉幾例：

16/10/06 星期一，一早出去辦事，在松江路口搭公車，問候車的人去劍潭坐捷運搭幾路，有好幾部可到，一位老太太說：「你搭277最好，一下車就是捷運站入口」。說著一部277遠遠開來，可是我搯來搯去摸不出拾元硬幣：

「我沒有十塊錢！」

「給你、拿去！」一位中年太太，心中感動不已，我打電話給在比利時的老伴告訴她這件事，鼻子酸酸的，幾乎要掉淚。

17/10/06 星期二，中午在旅館對面小街購物，問街口賣花的哪裏有水果店？她問是自己吃還是送禮？我說自己吃。她指著對面的小巷說：「左手第二家就是」。這是一對青年夫婦開的，擺滿新鮮水果，也有削好裝盒的。我選了木瓜、西瓜幾樣，太太立刻削好裝盒、動作快捷靈敏：兩頭碎塊放在下面、漂亮的兩排放在上頭，轉眼裝好，錢也算清結帳；還不停地和客人聊天：「這個甲蟲是異種，買來不便宜、養了十多天啦！」，我稱讚她能幹，旁邊的人說她夫妻倆真會做生意。我有好幾個小袋子，旁邊一位老太太替我撕一個大袋裝在一起好拿。在比國很少有這樣的小店，自己做小生意太難了，各種各樣的法令、各種各樣的稅金……年輕人領失業金等待就業；退休的（男 55、女 60）靠退休金（合台幣三、四萬元）過日子。口袋扁扁的、買什麼都得小心。

從火車站出來看見有人高高的坐在石台上揮著旗幟，他後面坐著許多穿紅衣的，知道他們是要求阿扁下台的。他們為自己的理想投入政治運動，不怕日曬雨淋，令人欽敬。

綜上所見歸納起來：台灣人的心是善良的、樂於助人的、沒有族群歧視、勤奮上進又精明能幹的；非常幸運台灣的社會到處有個人謀生的空間，一個樓梯下的牆角可以擺一個修鞋配

鑰的小店，養一個五口之家。世界上沒有幾個地方的人民有這樣可愛、又這麼幸運！我們應不應該把這個地方打造成真正的美麗寶島Formosa？怎麼辦呢？

要形成共識，要溝通，不要對抗，尤其不能利用省籍情結謀取票源；溝通是互相容忍而不是你聽我的。這是一條驚濤駭浪中的船，兩千三百萬乘客要同舟共濟，不能亂動，「不能被共產黨吞噬」，這才是最後的共識！奉勸受了主流派的壓抑而寄望於中共撐腰的人，我們為逃共產黨來到台灣，絕不能接受共產黨的統治！你去過大陸遊覽、開會，受過接待、做過生意，你在大陸上生活過嗎？知道「三反、五反、大躍進、三面紅旗」是什麼嗎？你說那個時代已經過去了。沒有！執政的還是那個黨，使用的還是那一套法術，你在北京、上海買的房子不是你的！你不能意氣用事，冷靜地想想，是不是？

奉勸主流派，自我反省！自我檢討！陳水扁你當年背著老婆步行環島的時候是怎麼想的？你今天幹了些什麼？謝長廷你當年說：「司馬光打破魚缸為了救人命」，請你估計一下今天有多少人也想打破魚缸救人命？你們給外省人太殘酷的報復，以至許多人寧可接受共產黨，是你們逼人家去做「吳三貴」的！

台灣需要政治家，不需要政客，他們只會把台灣搞亂、搞壞！！！

求是文摘

衣玄家書

關於衣玄的家書

　　兩個女兒，衣玄和衣藍都是在比國出生長大，她們從幼稚園到高中畢業都在布魯賽爾的聖心女校受教，母語是法文，拉丁文和荷蘭文是必修。她們在家中說國語，星期六上一天僑校的中文課。衣玄從小喜歡書寫、表達。高中畢業以僑生身份到台大讀書，當時中文只有小學三年級程度。她拼命補習中文，並開始用中文給我們寫信，提筆就來，雖然錯字別字不少，但能表達意思。她的家信記錄了她這一時期的思想和生活，收集起來也很有意義。惟恐散失就先把這幾封收在這裡。

　　至於老二衣藍也去台灣升學，她進東海學建築一年，也曾用中文寫過幾封信，未能繼續，回歐洲完成學業投入工作。中國話還流利，讀寫快忘光了。也把她的幾封附在後面、留個紀念吧！

　　第一封信、用法文寫的，孫女婉婷翻成中文（2006/03），以後都是中文

　　　親愛的家人：　　　　　　　臺北1987年10月19日7點30分

　　　　我希望媽媽已經順利到達目的地，我知道她有多討厭坐飛機。這次我還不能用中文寫信，因為時間太緊了，但是以後會的。我現在好喜歡台大，大家都對我很

好，我也開始認識一些人。我結識了一位從巴黎來的華僑，潘樂琪。她曾經在比利時念過一年的書。兩年前她剛到的時候（她進的大三），中文的聽說讀寫完全不通！！！她現在雖然還是有一些困難，但是她真的是勇氣可嘉。我有學習的榜樣了。

昨天禮拜天，姨父來帶我和娃娃去看內湖和金龍寺（不知道我寫的對不對），然後我們一起去找大阿姨去吃夜宵。你們知道嗎，我最近游泳有很大進步耶，蛙泳第一、自由式第三（不錯吧！），就像一縷陽光照到臉上（還有紀錄也是）；比賽之後我們玩的很開心。有一個野餐，然後所有的新生都到筏子上（有的人衣服還全都穿著）接受水的洗禮。

還有一個消息，保民舅這個星期三回來臺北，就在爺爺之後。

明天我要去師大諮詢看看也許我還可以再額外加一些課，但是我很可能要等到下學期了。

今天我要去買腳踏車（終於要買了！）我差不多有七節連堂。

你們很快就要搬家了，是吧。都是怎麼樣的。我想那一定很累人，但是儘量和我保持聯繫OK？給我寄些你們的照片。

親吻你們
ROSA

附：請告訴羅老師，第六冊一直留在比利時，我沒有帶來。

（註：第二封信她就開始用中文寫，錯字白字滿篇，但可以表達意思。我常常給她用紅筆改正後寄回去，叫她重抄幾遍，這些信件未能保存。現在所能找到的就是下面1990年以後的部分。）

親愛的爸爸媽媽：　　　　　　　　　　（1990/07/08 Samedi）

　　還有幾個禮拜就看到你們了，太棒了！我真的很想很想你們。最近非常忙，一方面每天要教書，另一方面要上日文課，日子過得很充實，但空閒的時間就很少了，都沒有時間看望爸媽的朋友，真不過意。龔伯伯有打電話給大妹阿姨，他好像剛從大陸回來，他母親過世了，爸爸知道嗎？

　　我生日那天家人都不在，心中酸酸的，羅蘊華給我買了個蛋糕（很好吃），晚上我們和他的室友、徐家的女兒一起去唱卡拉OK，等你們來時我們一家人去唱多好！徐叔叔很讚賞爸爸的歌喉，我都不曉得。我印象中只有媽媽的Beautiful voice！

　　爸，你記不記那次我幫一個法國朋友代課被那家補習班拒絕，因為我長得是中國人的臉。現在我得到了回報（Revenge），我不但在師大歐語中心是一位正式老師，教五班學生，其中一個班裡有一個美國學生：金頭髮、藍眼睛，是不是很好笑？This is the best revenge I ever had, hi hi！

求是文摘

親愛的爸媽：　　　　　　　　　　　（1990/07/12）

　　好想你們哦！我最近才考完試，不曉得這次考的如何，有點擔心，因為考太久了（考了三個星期）所以到最後有點撐不下去的感覺，唉，考過就算了！

　　你們都好嗎？爺爺呢？我常常會想他。開始覺得人生多奇妙！你現在所在乎的、拼命去爭取的在一生中並不見得很重要；我相信最幸福的是到了你一生的終點、能夠感到一點都不後悔，對你一生還很滿意。每件事有它的代價，但如果覺得值得才是最重要的，是不是？[26]

　　剛剛搬家不久就要考試，還沒時間把房間份佈置一下，等放暑假再說吧！我對我的房間非常滿意，過了兩年半，在臺北終於有一個自己的地方，太幸福了，而且這樣衣藍也有個地方落腳。國青這個月四、五樓還給台大，許多人都得搬走，我沒問題可以待到畢業，它才會完全歸台大。

　　暑假有沒有什麼計劃？衣藍做什麼？你們呢？我打算學日文，已經報名了，暑期班，七月九日開始上課，星期一至五13h-13h50。我有很多日本朋友可以讓我實習。再來就是教書，大概會很忙，因為暑假學生更多，班也更多，我這樣賺點錢可以減輕你們的負擔。

　　再就是出去走走看看，謝謝讓我去哦！

---

[26] 衣玄這封信當時我看了在這幾句話上用彩筆劃上，她那年二十二歲，對人生有這樣的體驗算不錯了；這也正是我一向的看法「回首前塵了無遺憾」是我晚年常提到的。

　　這封信本想在去泰國前寄的，但時間太匆忙了沒來得及，我現在已從泰國回來，一切滿順利的，錢也夠用（開始還有點擔心呢），那裏是個很舒服的地方，很吸引人，有山、有水、有很漂亮的沙灘。照了一些相片，我會寄一些來。雖然沒有台灣所謂的進步，但我和Michey 都覺得在泰國生活比在台灣舒服多了。人人喜笑顏開、對人熱情，真不一樣，什麼都買得到，物價便宜。有機會比較一下亞洲不同的國家，很有意思。關於這些意見很希望將來和你們談談。現在回到臺北就要認真工作了。歐語中心的暑期課有教到半夜的 23h30，希望沒問題。每小時 450NT 一個月可賺四萬，不錯吧？我會很快再給你們寫信 promis。

　　　　　　　　　　　　　　　　很想很想你們的玄Rosa

親愛的爸媽：　　　　　　　　　　　　　　（1990/10/20）

　　你們都好嗎？最近天氣比較涼了，秋天到了比利時已經滿冷了吧？從上星期六衣藍生日那天我們通過電話以後沒什麼大事。

　　衣藍生日那天我叫磊磊來一起過的。我帶他們去看一句現代劇，很出名的，我自己看兩遍，是批評臺灣現代人的一些行為。我們先吃墨西哥飯再去看戲，衣藍很開心，她也收到幾樣禮物：我送她一個用藤條做的

小燈、磊送她一本法文書、我的朋友 Brett 送她一大塊 Cheese；晚上本想去跳舞，想想星期六人太擠，結果就各自回去，我和藍回到宿舍在床上聊天。

我的課滿重，尤其是很多課程很抽象，抓不住重點了，大三是最不輕鬆的一年。天涼了不想去游泳；可是下星期就有「新生杯」比賽，怎麼辦？

親愛的爸媽：　　　　　　　　　　　　（1990/10/28）

你們好嗎？每天在做什麼？有沒有常去游泳？爸，你沒去釣魚嗎？現在不是最好的季節嗎？我最近就是忙著上課和教書，沒什麼別的事。我剛從新竹回來，昨天星期六下午去慶祝 Paul 的生日，他是個好朋友，今年卅歲了，好可怕……，我覺得接觸一些年紀比自己大的人可以把他們的經驗當做參考，不錯。可從爸媽最近碰到一些事情讓我覺得生活、人生都是自己規劃出來的。有人寫信、打電話給我說他們回到歐洲後多想離開那裏，有人真的又回到臺北。我覺得他們都是在逃避社會，難道歐洲的失業率真的那麼高？大學法律系畢業又會中文真找不到工作嗎？很可怕！他們那裏知道你以後想做什麼樣的人，或者更重要的你以後絕對不想當的人！

爸，最近你的生意如何？有人給我提議很多可做的生意。汽車方面台灣已經不太可能，但在泰國、印尼有發展的好機會；不然汽車方面還有一種生意可以考慮是

在外國買一些特別的車 unique，再賣到歐洲或美國。在日本有很多車種在外面看不到的，歐洲人喜歡比人家更特別的車，願意付這個錢。不然在台灣還有可做的生意就是比利時的巧克力 Codiva 或 Cote d'Or，做成高級商品也有發展的機會。你如有什麼事要我去打聽、跑腿跟我說一聲就好了。

我的朋友上禮拜心臟抽筋、有缺鐵現象，我想帶他去看徐道昌伯伯，已經約好星期四去榮總。我會代你致候。

衣藍應該很忙，很少打電話給我，功課應該很重。馬叔叔他們什麼時候來臺北？替我問他們一家人好。

我很認真學西班牙文。我很想你們。　　　　　　玄 Rosa

親愛的爸媽：　　　　　　　　　　　　　　（1991/07/08）

剛考完試，輕鬆一下，不曉得考的如何？時間過的真快，我大一的同班都畢業了。再下來就輪到我了（希望沒問題吧！）。衣藍快要走，磊磊也是，大家都回家了，剩我一人苦戰，真不好玩 Triste。

這個暑假本想做一大堆事情，有很多計劃，好像不易實現。下星期三歐語中心 Alliance Francise 的法文課新學期開始。本希望能再找一件比較刺激的工作（有挑戰性的）但不易找到。就退而求次，要把西班牙文學好，也把電腦學好。這些事讓我投入現實的世界（我的意思是不光在課堂上和圖書館啃書）。把自己弄得很累，我

求是文摘

得出去玩玩，真正地休息。在台灣不可能休息，總有一大堆事情。很想你們，很想回來幫媽媽開她的店，我很有興奮。阿姨說中國式的店在臺北都很土氣、不雅致，媽，你打算怎麼裝潢呢？別忘了寄給我一些照片，我看你發展如何。

親愛的爸媽：　　　　　　　　　　　　　　（1990/11/14）

　　寫給皇后的信寫好了，不曉得你們以為如何？

　　你們好嗎？我真的好想你們。你們不要急著叫衣蓋給你們寫信，她需要時間來調適，她不只是忙，她忙死了！連給我打電話也沒時間，上星期六本來說好來臺北看戲結果她沒出現、也沒通知我，我連票都白買了。她夠大了，你們不用太擔心啦！

　　最近天氣越來越冷，很不喜歡。

　　我上課的情況還好，期中考快到了，我在歐語中心教的課也快結束了。我會繼續教下去，但不一定在中華航空公司。Michey 十二月就回香港，他沒能完成台大的學業很可惜；我也很驚訝我們還能做朋友，很難得。

我的朋友 Brett 下星期四回美國，他二月份還回來，那時爸你就可以看到他是什麼樣子的人，我相信爸也會欣賞他，因為你會欣賞有 Ouality 的人。

　　必須住筆，要去開法文教師會。

　　　　　　　　　　　　　　玄、好想你們。

復衣玄　　　　　　　　　　　　　　（1990/11/20）

　　衣玄，親愛的女兒，

　　上星期接到你十一月八日的信和在學證明書，今天又接到你十一月十四日的信和寫給皇后幾 Fabiola 的信，寫得很好，我們就替你寄了。錢姑婆做這件事很辛苦，她到處向華僑捐錢贊助國王 Boudain 基金，以表達華僑對比利時的感謝和關切，但出錢的事很難得到熱烈回應。

　　你和羅蘊華好聚好散是最好的結果，將來維持一個純正的友誼，做一個普通朋友就好了，但是要特別注意不要再走回頭路；你當時想過很多，下了決心和他疏遠，也做到了，這很不容易，不要再有許多牽連，那就會更麻煩，應該儘量避免接觸，切記！

親愛的媽媽：　　　　　　　　　　　（1991/07/09）

　　我又寫這封信是想專門和你談談，衣藍快要回家了，爸和你比較不寂寞，我也比較安心，因為爸和你心理上都很年輕（espris jeune），她和你們一起生活會很融洽。真不可思議，本來打算來台灣學一年中文，想不到這一留就四年了。我在這裡學了很多東西，但最重要的是我對你們有了更深一層的瞭解，你們的親朋好友、你們走過的路，爸爸的學校也成為我的母校。

　　我和羅蘊華在一起的時候很開心，我一點不後悔認識他，我一向對交友問題處理得不錯，交朋友不是很隨

求是文摘

便的；可是行不行總要試試才知道。結果試了三年發現不能做終身伴侶，不同的因素太多會很苦。感情就是這樣子，若理性的部分能指導而配合感情是最好。但是這不代表我先考慮一個有錢有地位的人，才去買感情或者不管。這裡就是這樣，台灣的女孩子大都沒有自信心、自尊心，只要能找到一個有錢、有地位的丈夫、安全可靠就成功了。我才不這樣哩！我要把自己變成一個在經濟上完全獨立的女性，然後選擇一個愛我、照顧我、為我想、對我忠實的先生，建立一個平等互助的溫馨和諧的家庭。而不像在台灣或中國社會裡有小太太看成是正常的事。

我無法和台灣的男孩子談得來，他們被父母寵壞了，被父母的愛壓扁了。他們不是我的對象，像爸爸的中國男人也很少、太少了。所以我現在跟羅安生 Brett 相處很好，將來誰知道？他很聰明，知道很多事，我跟他能談幾個小時不倦，他對我（我覺得很奇怪）非常認真，他希望等我畢業以後跟我一起回歐洲，這本來也是他自己的計劃，認識我以前他就想去歐洲念書。事情如何，叫爸別擔心我會照顧自己。好了不再講了，等著下次你有什麼意見告訴我！

Love Rosa

星期五我看到丁露露（Loulou）[27]，她現在跟我一起住國青，因為不可能那麼快幫她找到住的地方，她告訴我劍潭的計劃被取消，陳鉯叔叔前個禮拜才告訴他們。我覺得非常奇怪，因為羅安生他爸爸朋友的女兒（ABC美國出生的中國人）參加了，昨天才打電話給安生說她到了劍潭。這個活動據我所知不會取消，通常有七八百華僑子女參加。露露不曉得怎麼辦？去上補習班也不錯，但住還是問題。

還有關於我的獎學金有沒有消息？太奇怪了學期已結束有的學長已畢業還沒消息！

衣藍回比利時也好，她在這裡學到不少東西，可惜未能找到一位比較成熟的男友，交的朋友和她一樣糊塗沒用。她在台灣並沒學會照顧自己。

對了，我想問爸爸有沒有聽說過「萬國法律事務所」？那裏的律師幾乎都台大法律系畢業的，認不認得范光群、陳傳岳、黃柏夫、賴浩敏、黃虹霞、呂榮海等人？我本想在那裏做個實習生 stage，因為有個法國人在那裏做 joint-venture（總部在巴黎）但我不是法律系的有困難。好了，下次再說吧！　　　　玄 Bisous Rosa

---

[27] 丁國維和丁文書的女兒

親愛的爸媽和衣藍：　　　　　　　　　　（1991/08/06）

　　你們這次來台真匆忙哦！一定很累吧？希望這一趟也找到你們所需要的東西。這裡的生活是比較緊張，平時也是，時間不容易掌握的。收到媽的傳真，我今天已寄了一個包裹，裡面有衣藍的衣服和她要的東西。只是我有點氣，因為當初她走時我說這些東西重要不應留在我這裡，而衣服如果超重我可以幫他寄。但她不聽，我就說等你們來時給她帶回去；可是爸又說誰曉得衣藍是否真的回來，不要帶吧！你看最後還是我來寄！

　　在歐語中心教十九小時，還學電腦，真夠忙了。

　　你們有空時請打電話給 Tantine 說我收到照片，很快給她回信的。最近和羅安生吵架，因為你們上次指出的幾個問題我都告訴他，我們正在作檢討，其實他的態度還好，等著瞧吧！你們的女兒玄

親愛的爸媽和衣藍：　　　　　　　　　　（1992/12/11）

　　上次中電話中和你們聊的很開心，聖誕又快到了，時間就是過得那麼快，很高興知道小舅舅要來臺北，他這次可以看到 Brett 羅安生，你們問我要什麼，還不是一樣的東西，若有空就買，不然就算了：

Pralines (Leonidas), Vibrocil, Aspro,Cote d'or (Fondand + AG Caw, Caprice des Dieux(Hon) et seulement si vous insistez, Foiegras, Royco, Fromage Maredsous, Chamteneige.

Ok，我現在正準備 GMAT（Graduate Management Admission Test）的考試，跟世界上最優秀的學生競爭，考試應在元月十六日。這個考試很重要世界最好的學校要看你的分數才接受你上他們的研究所。

上禮拜二我陪一個法國 Lorient（en Bretane）城市來的代表團，去高雄參觀「中國造船公司」，與高雄市長面談。法國方面有 Lorient 的市長，農業銀行的經理等人。我是他們之間的翻譯，很有意思，認識了許多人，這一天賺了七千台幣，真過癮。

前天又去台南驗貨，因為有廠商要出貨，這兩個禮拜之內為驗貨跑了兩次南部都是飛機來去。我教的華航法文班剛結束，正改考卷，下學期要等到過年後才開班。對了勞委會最近又要出新政策，對白領外勞放寬，以方便拓展外貿。他們和外交部正在談判，看起來等我走後，根本不需要什麼條件就可以工作了。

好了，玄兒

爸爸媽媽：　　　　　　　　　　（From Ilaine 1990/10/23）

你們好嗎？現在快十點了，我剛才起來，因為上星期熬了兩夜，趕設計圖。我真的很喜愛建築，雖然辛苦。晚上大家一起作圖氣氛很好，到快天亮的時候跑出去看太陽上升。

我現在一星期四十二堂課，常常整天跑、很累，可是也很喜歡，這是我的課程表：

　　我可能免上英文課，我和老師 Laura 很好，她是紐約來的美國人，我寂寞時可以去找她。我寢室的室友對我很好（我們四人一間），尤其是 Amy 她的想法和我相同，比較成熟，這裏和我同年齡的都很天真。我跟我的學長很合得來，一個尹朗來的 Jason 五年級是我的保護使者，他的女友也是建築系的；還有一個二年級的混血兒，他爸爸是德國人也很幫助我。

　　我和衣玄很難相聚，我們都忙，而且星期六上午有可惡的軍訓。

　　我見到唐叔叔，他每星期一都來，以後我們會常常一起去吃飯。

　　第二件可惡的事是勞作，六點起來洗廁所，這也是一個好的訓練，可以學忍耐。我的生活很有意思。

　　生日那天磊也來了，我們先吃墨西哥飯，然後去看現代劇，描寫臺灣人的大問題。我對臺灣的看法有改變，我覺得臺灣有它了不起的地方，我要多瞭解它。

　　親愛的爸媽，我好想你們。

衣藍，你們的麻煩女兒 1990/10/23東海

爸爸，媽媽，衣藍 （05/12/1990）

　　你們都好吧？今天星期六了，終於有一點時間可以給你們寫信，最近我師大的課開始了所以比較不能控制我的時間，我滿喜歡上師大的課，我們的老師叫作「唐久寵」，他很好玩。矮矮胖胖的！我的班只有四個學生，他們也都是僑生從各地方來的，日本、菲律賓、韓國等我們在讀中學的國文課本，第一課就在讀國歌的歌詞！這樣子也不錯，我以後去看電影就可以跟著唱呢！

　　爺爺回比利時很順吧？我昨天還跟大妹阿姨提到他，說他一走，水晶，就變成空空的卻跟他在的時候不一樣，沒那麼熱鬧！Judy 一定很高興他回來吧？！他有沒有轉給你們那卷錄音帶還有那些給衣藍的小禮物？你們聽了我所錄的話後的感覺如何？你們如果也可以這樣寄來一卷錄音帶，我相信我一定會很感動也很想念你們哦！

　　今天又在下大雨，我還以為離開了比利時之後再也不會冷颼颼的，沒想到這邊的冬天就是天天下雨又有刺骨的風。可是另一方面我又覺得滿得意而且自己很聰明，因為我可以穿到我從比利時所帶來的厚衣服和毛線衣，穿起來很暖又很習慣，最可憐就是那些從香港來的僑生，他們不習慣這邊的氣候所以每天感冒，我的同學「淑平」的手總是冷冰冰的！

求是文摘

哇！今天已經十二月五日了。真不敢相信不到二十天就是耶誕節了！大概是因為這邊的氣氛不同，所以根本就不會相到快到聖誕夜？對你們來說這一次也是第一次在新房子，新環境過耶誕節，感覺一定不一樣了！

我學中文的情況現在好像好多了。我比較有信心了，反正儘量學就對了急也沒有用！這是我自己屬力的方法！我周圍的人一定被我煩死了，因為無論何時何地我會問他們這怎麼說，這又怎麼念等等……他們一定很討厭我吧！哈哈！我最近胃口好多了，大概跟天氣有關係吧，天氣比較冷我的胃口就好了！

我幾乎每個星期四會跟大妹阿姨。吃飯。除了大妹阿姨，大阿姨我常看到的，我都沒什麼時間跟李伯伯、龔伯伯聯絡，很抱歉爸爸！我一定會給他們打電話的！錢伯伯是十二月十八日到台北，是嗎？我那天剛好要考期中考。「西洋文學概論」真討厭！可是沒有關係我一定會帶錢伯伯來參觀台大的。

快回信哦！衣玄上

衣藍的信 1990/10/23

親愛的爸爸媽媽

你們好嗎？我在建築系館和衣玄給你們寫信。Brett也在這裏。我們昨天在我一個朋友家做外國飯吃。後來我們到系館去吃蛋糕，因為是我一個同學的生日，今天

天氣好好。游泳池也開了。我們系館有三隻狗。都很不像，很可愛。是我們系狗。我看衣玄喜歡我們系的氣氛。春假我們想去旅行、去環島。我們要八個人一起去，都是建築系的學生。

我們有兩步車去玩，還有一個禮拜就可以去玩了。

Love 女兒衣藍敬上

親愛的爸媽：

我終於找出時間來台中看衣藍。我和 Brett 覺得我們平常日子去看她比較好，因為這樣子我可以看到她平常做一些什麼。昨天下午五點到這裏，有車直接到校園裏。我們去看系館了，真的很有趣，他們學生非常用功但也很活潑。衣藍給我們做一個很好吃的晚餐，然後我們再回到學校吃蛋糕。建築系的學生蠻特別的。我還照了幾張照片，不過底片還沒照完所以大概會要等一下才能寄給你們。

衣藍身體最近好一些，指頭我也看到已經拆線了，也沒發炎，很快就會看不見。她說其他的毛病也都慢慢好了，我看她氣色很好，也沒多胖，很漂亮哦！我這次看到她，覺得她也很有計劃。她是對設計課很最有興趣，所以她很用心，上學期分數也蠻高 81。她學長說她很有潛力而且也很用功！我和 BceH 都很高興。衣藍說過

她覺得若當初錢立玫也去東海、而不是去台大，她有可能會留下來。總的說，衣藍過得非常好！

　　我最近很認真在想好好學電腦，但我發現我可能會需要買一台才能每天練習。爸，你覺得如何？我打聽過買一台新的可能要兩萬台幣左右。有人可能可以教我，而且 Paul 有很多法文的電腦書，有問題他也可能幫我，他很行。Brett 還要向你們致謝，他在比利時你們的照顧是他沒想到的，很愉快的回憶。

　　今年我看我又要參加大專游泳比賽，因老師已把我報上去，真慘！！

　　好了不再多講了，爸不喜歡我囉嗦！

Love 玄

親愛的爸媽：

　　已兩個禮拜沒和你們通消息，很想你們！你們都好嗎？這裡沒什麼新事，都是那個樣子。Alliance 的課下下禮拜開始，我就又有收入了。我先向阿姨借一萬（上個月的事）。但是沒想到註冊和房租付完差不多沒了，所以可能要再向阿姨拿一萬，等到下個月師大的薪水下來再還你們好不好？

　　衣藍春假去環島了，應回來了、但還沒跟她連絡。阿姨最近感冒地很嚴重，流行感冒。不曉得上次我發的 FAX 你們收到了沒。我卻是收到你們寄的信還有錄音帶

（都明白清楚醫生說的事）。剛開學沒什麼興趣看書，所以我決定和同學交換中文、法文，我教她一小時的法文，她教我一小時的中國文學。我現在在看阿城寫的棋王、樹王、孩子王，我蠻喜歡的，這是第一本我真地欣賞的中文小說。我同學和我討論我選過的一些段落，或者她指出九十年代裏的好文章來談談。另外我也想交換西班牙文，因為校學教的速度太慢了，而我又認識那麼多講 Spanish 的朋友，那是好機會。

今年我又參加了游泳隊，不是我自己很想參加而是事情變成我不能不參加的局面，所以我有點煩這件事，但不管了我去比賽就對了，不去練習也就算了，我那裏有那麼多時間！（每天要練兩小時）。這封信寫地有多爛，真對不起，這是因為已經蠻晚了（23:19）而且我就是那麼急，不能慢慢寫要想表達的快一些，但又不能顧到寫的好看一點。

好了下次（很快）再多寫給你們。

非常、非常想你們的女兒玄

復衣玄 27/05/1991

ROSA：

你 20/5 的信和相片都收到，給我們帶來很大的快慰，相片上的圖案是衣藍寫的嗎？好棒啊！我們不敢相信，前些時接到她的一封信和在學證明書，並沒有

相片，她寫信很困難，寫法文也不喜歡（和你完全相反），只要她平安愉快就好，反正我們也不再盼她的信了。

我們很好，汽車生意又開始活動了，我剛從法國回來，媽媽也計劃創辦一個新事業，正在進行，也許不久就有定案，再告訴你們。

ROSA 你對自己的前途很有主意，要多方面收集資料打聽消息。LOULOU 的爸爸丁國維明天來我們家吃飯，我會問他的意見，他在北京住滿三年，為了兒子的學業他要回比利時 EEC 總部了，這次他因公務自己回來和我巧遇，約好明天見。

母親節衣藍也打電話來，媽媽已經出門，那天她們婦女會共祝母親節，在中山小學聚餐，有 20 多人參加，是媽媽主辦的非常成功，你們的錄音大家都聽了。

爺爺的病況已經定了，大概不會有奇蹟出現，最可惜的是他的大腦受損太重，他大概只有 50% 的清醒，小孕姨一家和新竹的大姨六月中要來歐洲，我們這裏要忙亂幾天，就寫到這裏，注意身體，一切小心。

爸爸

27.05.91

故鄉的中秋節

秋天來了嗎？然而台北的太陽似乎否認了它的到來，只有中秋節前的節氣讓人感受到夏天的結束；在比利時秋天來的很突然，早晨醒來樹葉變紅了，栗子會掉在你的頭上，太陽提早下山而夜晚也有些涼意。

對我的父母來說，在他們那個時候、秋天是萬籟俱寂的季節。但對我來說卻是假期結束學校開課的日子。即使在比利時已多年，他們依然注重中秋節，以前月餅是不易買到的，我們記得每個中秋節都在家中聚餐，餐後到附近的公園散步賞月，並坐在草地上聊天、聽爸爸說故事，他喜歡告訴我們他小時在中國大陸的點點滴滴、以及學生時代在台灣的艱苦日子，而時至今日在比利時竟然有了個可愛的家。

現在我離家萬裏負笈於此，在台北中秋節是一個正式的節氣，然而我卻無法忘記在家中過中秋的情景，這是兩種絕然不同的感受，我相信住在台北國際青年活動中心的大部分同學、都願珍惜大家在這裏相處的日子，直到有一天大家分手。祝福大家都有個溫馨的中秋節。

832室，黃衣玄，1991

親愛的爸媽　　　　　　　　　　　（28/05/1991）

　　最近好嗎？比利時大概就老樣子吧！台灣卻實不然。每天都不同，有新的事發生使你一定要去想，不想想也不行，真妙，我現在常會看到磊磊，常會去玩時叫他來。他幾乎一定會參加我們的活動，大概也沒去上課了吧。我自己對功課也有點遠，原因是有些課真的上了不忍煩。相信爸當時在台大不是如此。有時覺得老師教師授帶給我太少，所以當個大學生只有選一些教的好的課去上，不然自己看。

　　對自己的興趣比較有把握，所以入國際法庭社團，也比較有意思。這個暑假我們會開個討論小組，請老師帶我們。另外我想利用夏天來好好學用電腦，我和一個朋友paul想一起買電腦，這樣子會拿到一個比較好的值錢，一個很不錯的電腦要26,000NT（Paul 很瞭解所以他知道那一個好）這暑假我想找個工作，加上教書應該會很快存錢，我需要那個錢，而且也想多有一些經驗。時間過地很快幾個月就要畢業，有一點急，想多充分利用剩下在台灣的時間。關於我親愛的妹妹，我卻有點氣她。她實在是不太懂事，不想自己的事情，自己的生活她倒底在做什麼。她對周圍發生的事情不但不注意而根本不在乎。好幾次她來台北到國青，我都不曉得，她不先通知我一聲，我周末常會去 Pall 那裏或者像上禮拜去海邊不一定在國青，她有鑰匙，所以星期一我回到我房

間才知道她來過。本來想跟衣藍去玩玩，但是一方面沒錢，一方面不曉她又有什麼計劃，她好像要去彭湖。

「九十年代」快到期了，我想我會繼續訂，這次從這裏訂就好了。

好不多講了！

等你們的消息！

　　　　　　　　　　　　　　　　　玄Rosa

親愛的爸媽，

收到你們的FAX之後，感到非常不安。衣藍的事情一方面使我不太驚訝，另一方面我以為她沒那麼呆！原因如下：衣藍一定沒有打聽過在比利時要學建築的情形是如何。她是否問過錢立玖？她憑什麼資料說：東海建築系的環境和氣氛她在比利時找不到這樣的學校？這不是個理由。她在比利時還沒上學，怎麼曉得？李守宜最先問地就是：「她倒底有沒有申請學校看看？」若衣藍要以她學業來解釋為什麼她要回來的話，這個理由不成立！再說，她這一年除了「設計課」她沒有選別的，她一直給我們感覺這些都是暫時的，她不會留下來。她也沒修中通、國父思想，物理他不去上。除了國文（下學期沒過）英文、設計課還有呢……她若回來要先面對這些她沒修的大一必修課，再面對大二的！！李守宜也說大一只是開始，大二，大三才是最難！數理不像其他的

課，你沒有底子，你再用功也沒用，朱姨夫也這麼說，他是讀土木。我念政治系蠻苦，但我知道這是在我能做到的範圍以內！衣藍又不是真想念這方面。她只對設計有興趣，她以為東海就只是念設計 事實上人家要求的不只設計，那有像 Bxl 的 La Cambre 那裏才是藝術方面發展，只做 design 一點數學都不需要！！！！好了這就是我推翻她以來台因學業而做最好的選擇的理由。

　　好了這幾點是我的看法，我相信你們有些也想過。

　　下次再談談我的事……

ps：這些不需要告訴衣藍，她也許會傷心（而且不說）

　　只是參考資料。　　　　　　　　　　　想你們玄 Rosa

衣玄回娘家

(01/06/2006)

　　衣玄早就打算回來住幾天，兩人都忙公務飛來飛去、一起回來很不容易。這一次特別複雜；羅安生去羅馬出差帶著光仙（Margoux）去，鳳西必須趕去羅馬接孩子，不能遲誤。說來容易，實際上要配合得天衣無縫才行。還好婆婆不辱使命把三歲的外孫女帶回來，公公準時把她們從機場接回家中。

　　這個小女孩很機靈，麻煩事也多，她爸媽最頭疼的是她的飲食：這不吃、那不吃，她比方嫣然（老二的女兒 Jeanne）大四方月，卻小了一號。我們的任務不少：一、把她養肥，二、教她說中文，三、治好她尿褲子的毛病……。

　　說也奇怪、她 16/5 來到第一餐和媽媽並排吃飯，二人搶著吃，什麼都吃。此後幾乎沒有吃飯問題；她在香港家中有菲傭和爸爸帶的時候多，媽媽經常出差，小孩習慣跟別人，她和我們處得很好。鳳帶她去上聲樂課，她一動不動；我們帶她去上跳舞課，她乖得很，大家都逗她。

　　可是也有例外：她大發脾氣、不吃不喝，故意尿褲子……。婆婆火了，打屁股、罰站，她一動也不敢動。我做好人給她洗乾淨、穿好衣服去給婆婆道歉。婆婆說：「你來我家

求是文摘

要隨我的教養方式，你媽給我的個指導文件多沒用！（衣玄發來一張帶她女兒的注意事項）」

26/5 Vendredi 去看 Tantine Elly 杜牧蘭夫人。她七十二歲了還看管五個孩子，樂此不疲；這也是她的愛好，無事可做也不好。大女兒 Monique 六個孩子，老二 Genevieve 三個，Francoise 也六個，最小的 Isabelle 四個，老大唯一的兒子心臟病開過刀，健康不好，馬上過五十歲生日，他有三個孩子，算下來她一共有廿一個孫兒女，都護衛著她。她第二個愛好是照相，她心愛的相機還是我送的七十歲生日禮，照出了上千張照片。

Mercredi 31/05 端午節是光仙舊曆生日，在家中過節慶生，是衣玄這次回來的高潮。每人都送一本書，新民從店中選來的最受歡迎。公公一生最討厭的是開禮物，也得隨人喜樂，你們喜歡我也跟著喜歡。雲華做的菜和買來的烤鴨油雞都很精致。昨天婷來幫奶奶包粽子，有肉的、豆沙的、紅棗的三種，今年的端午節也特別豐盛，十個大人兩個孩子、吵成一團。

Vendredi 3/6 頭天晚上衣玄把兩個孩子送來過夜，她們姐妹兩對原說去聽音樂會，後來改去飯店。今天衣玄安生都有電話會議，一早來家早餐後辦公，鳳西有音樂課、英文課還要準備晚上的餃子會，早餐後走了。衣玄他們工作完畢，收拾孩子的行李要全部搬回去，提議再去游泳，行李放在我車上，游泳後送他們回去。在泳池碰到玄的啟蒙教練 Michel，最重要的游泳老師，他變成禿頂大胖子，有很多話，非常念舊。

Samedi 3/6 去衣藍家、在咖啡店吃早餐，非常豐富，一同送去車站，他們的好友 Yoka 帶女兒來會一起去赴漢堡之會。Yoka 是衣玄在台工作時的好友，會多種歐洲語文，中文能說能寫。婚姻不成，借種生個女兒已經六歲了，很漂亮的金髮女孩。送他們上車再去寄衣玄的文件，排隊 90 分鐘，總算完成任務。衣玄這一趟是很複雜的環球之旅：一家三口五月初從香港分別出發，衣玄先去北京出差再轉來比國聚會；安生到羅馬把光仙交給鳳西後辦完公事轉去法國 Alteche 整理他們山中的別墅，再來比京團聚，一起去赴漢堡友人之約；從那裏飛去美國安生家參加妹妹 Stase 的畢業典禮，他媽 Pat 眼疾惡化有失明之虞，他們要趕快給她看看光仙。旅途長行李多（遠路無輕載）共九件行李，包括一個會走的 margaux，你說累不累！

求是文摘

衣玄回娘家相片集

(30/05/2006)

求是文摘

附　錄

重寫添福莊「黃氏德行碑」的重建

（註：初稿收錄在「愛神木」山東文藝出版社2005年3月）

2003年5月侄兒昌雷來信詳述這塊碑的來由，並做了錄像。說兩年前村子裡來了個算命的老太，有個村民常年生病找她算算，她說村東頭有塊黃家的德行碑埋在地下，你把它挖出立起來病自會好。此人果然找到這塊碑、並經她指點也找到了碑帽，就把它立起來，他的病果真好了。

這個人是黃氏十八代孫黃昌銀，通過村支部書記黃昌華支援，選定地址，動員了村民三四十人，大家同心合力，把這塊封碑重新樹立起來。

2004年8月我們參加山東大學在衛海分校辦的文學座談會、順道先去添福莊給父母、四弟上了墳，就到東門外看這塊碑，這是辛亥（1911）年立的、很壯觀的一塊碑，有立碑人名錄，碑約三米高、一米寬、半米厚，豎立得很穩固。

求是文摘

看完碑再去看老宅子，那棟樓房完整無缺，前面學屋院的家祠也挺立在那裏，這棟樓房我們一家人都往過，扒開荒草躦進屋裡，四壁還是乾燥的，一時前塵往事盡入眼前。

　　從老房子走出來遇到許多族人：啟福大哥的二子瑞昌夫婦、他們是照顧他父親晚年的、還有啟彤大哥的女兒等人。蔣集鎮地方政府為我們準備了兩桌地方菜肴：還有玉米、花生、紅薯等新上市的土產，這都是桑局長的安排，衷心感謝（上圖左起覺民、昌雷、俊明、志鵬鳳西、四弟妹及六妹）。

重寫高雄尋舊記[28]

(19/01/2005)

緣起一

1953 年冬，我獲准退役，走出軍營孑然一身，雖然希望再上學念書，可是只有初中程度，從何念起？通信兵學校的同班好友潘家菊，在防空單位做電台台長，駐防高雄鼓山亭一座小廟。我去看他，他邀我到廟中暫住：「廟中有空房，搭我們的伙食，廟裡主持一定認為你是電台人員；對電台的上司你是廟裡的老百姓。」我欣然接受，慶幸有了寄身之地。

接著就去工業職校看大叔，告訴他我的情況和計劃。我的學歷只有初中肄業，我要用最快速的方式進大學；大叔有個抗戰時期的朋友李升如，泰安縣人，山東大學英文系畢業，在台中縣霧峰鄉私立萊園中學教英文。私立學校好通融，請李老師介紹我去插班讀高中二年級下學期，第二年參加大學聯考。

這時 1953 年十一月，離開學還有兩個多月。英文我在軍中每天聽空中教學，不斷自修，心想跟班應該沒問題；數學高二下大代數已講了一半，要把前面的補上。我去書店買一本範氏大代數和一本題解來自修。每天在木魚青燈下苦幹；感念濟南

---

[28] 仝上。

二臨中劉老師初中小代數給我們打下厚實的基礎，大代數的前半部自學的進度很快。

電台台長之外有兩個報務員和幾個通訊兵，都是年輕同行，伙食很可口。晚飯後經常在附近的夜市散步。整天在廟堂裡苦修，晚上總該活動活動。鼓山夜市很熱鬧，有各種本地小吃，最難忘的是台灣粽子，包的是炸過的五花肉和花生米，用台灣傳統做法，別處不易吃到。

叫花子牽狗玩心不退，那時乒乓球盛行，附近有幾家球館，計分小姐叫乒乓西施，規矩是打輸的付錢，打贏的白玩；我從濟南初中就是班級選手，在軍中也不斷苦練，來這裡打球常常白玩。夜市散步吃點宵夜，打幾盤球，回廟休息，明天再幹。舊曆年過後不久我就辭別電台好友，到萊園中學插班去了，第二年的聯考進了台大。

尋舊一

鼓山亭的兩個半月是我一生中的關鍵，怎能忘懷，屢屢托人打聽，不得要領。每次返台去高雄也問不出所以。半個世紀年代久遠，滄海桑田，當年的小城市已變成現代化

都市，如何能找到當年的陳跡？年前的台港之旅在台灣停留兩月，又承好友王素玲多方查考，終於找到了這座廟堂。

印象中好像在旗津區，頭一天先去了旗津，早年去旗津只有渡船，現在有地下隧道，文聲開車很快就過海了。看了好幾個廟宇都不是；晚上回去素玲在網絡上查到，第二天就找到這個故地。這個當年的破廟現在變得金碧輝煌。大體上建築格式沒變，我們當時住西配房，正殿一角辦公（收發電報），東配房就是我苦修的殿堂，到此時才知道原來是「文昌殿」，文昌大帝主管人間的考試晉升，現在這個殿堂最為富麗堂皇，由於目前的莘莘學子奉獻香火以求得到文昌帝君的照顧；可是誰能料到五十年前我誤打誤撞竟跑到他老人家足下苦讀，當然會受了他的恩寵。上圖圓門後面才是殿堂就是當年灰壁蛛網我的書房。

據網路上的介紹如下：「鼓山亭位於苓雅市場北邊，廟前寬廣，廟宇宏偉、雕梁畫棟、古色古香。廟內供奉主神保生大帝、天醫大帝及感天大帝三位真人，生前皆以醫術、醫德名揚天下，為萬世敬仰」云云。

求是文摘

汶南黃氏世系表

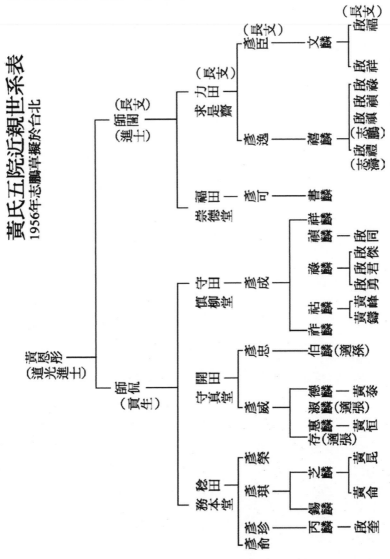

黃氏五院近親世系表
1956年志鵬草擬於台北

求是文摘

國家圖書館出版品預行編目

求是文摘 / 黃三著. -- 一版. -- 臺北市：秀
威資訊科技, 2006 [民95]
　　面；　公分. -- (語言文學類；PG0111)

ISBN 978-986-6909-00-9 (平裝)

855　　　　　　　　　　　　95018567

語言文學類　PG0111

求 是 文 摘

作　　者 / 黃　三
發 行 人 / 宋政坤
執 行 編 輯 / 林世玲
圖 文 排 版 / 張慧雯
封 面 設 計 / 林世峰
數 位 轉 譯 / 徐真玉　沈裕閔
圖 書 銷 售 / 林怡君
網 路 服 務 / 徐國晉
出 版 印 製 / 秀威資訊科技股份有限公司
　　　　　　台北市內湖區瑞光路583巷25號1樓
　　　　　　電話：02-2657-9211　　傳真：02-2657-9106
　　　　　　E-mail：service@showwe.com.tw
經 銷 商 / 紅螞蟻圖書有限公司
　　　　　　台北市內湖區舊宗路二段121巷28、32號4樓
　　　　　　電話：02-2795-3656　　傳真：02-2795-4100
　　　　　　http://www.e-redant.com

2006 年 10 月　BOD 一版
定價：260元

讀 者 回 函 卡

感謝您購買本書，為提升服務品質，煩請填寫以下問卷，收到您的寶貴意見後，我們會仔細收藏記錄並回贈紀念品，謝謝！

1.您購買的書名：＿＿＿＿＿＿＿＿＿＿＿＿＿＿＿＿＿

2.您從何得知本書的消息？

　　□網路書店　□部落格　□資料庫搜尋　□書訊　□電子報　□書店

　　□平面媒體　□ 朋友推薦　□網站推薦 □其他＿＿＿＿＿＿

3.您對本書的評價: (請填代號　1.非常滿意 2.滿意 3.尚可 4.再改進)

　　封面設計＿＿　版面編排＿＿　內容＿＿　文/譯筆＿＿　價格＿＿

4.讀完書後您覺得：

　　□很有收獲　□有收獲　□收獲不多　□沒收獲

5.您會推薦本書給朋友嗎？

　　□會　□不會，為什麼？＿＿＿＿＿＿＿＿＿＿＿＿＿＿＿＿

6.其他寶貴的意見：＿＿＿＿＿＿＿＿＿＿＿＿＿＿＿＿＿＿

＿＿＿＿＿＿＿＿＿＿＿＿＿＿＿＿＿＿＿＿＿＿＿＿＿＿＿

＿＿＿＿＿＿＿＿＿＿＿＿＿＿＿＿＿＿＿＿＿＿＿＿＿＿＿

＿＿＿＿＿＿＿＿＿＿＿＿＿＿＿＿＿＿＿＿＿＿＿＿＿＿＿

讀者基本資料

姓名：＿＿＿＿＿＿＿＿＿　年齡：＿＿＿＿　性別：□女 □男

聯絡電話：＿＿＿＿＿＿＿　E-mail：＿＿＿＿＿＿＿＿＿

地址：＿＿＿＿＿＿＿＿＿＿＿＿＿＿＿＿＿＿＿＿＿＿＿

學歷：□高中(含)以下　　□高中　　□專科學校　　□大學

　　　□研究所(含)以上 □其他＿＿＿＿＿＿＿＿

職業：□製造業 □金融業 □資訊業 □軍警 □傳播業 □自由業

　　　□服務業 □公務員 □教職　□學生 □其他＿＿＿＿

秀威與 BOD

BOD（Books On Demand）是數位出版的大趨勢，秀威資訊率先運用 POD 數位印刷設備來生產書籍，並提供作者全程數位出版服務，致使書籍產銷零庫存，知識傳承不絕版，目前已開闢以下書系：

一、BOD 學術著作—專業論述的閱讀延伸
二、BOD 個人著作—分享生命的心路歷程
三、BOD 旅遊著作—個人深度旅遊文學創作
四、BOD 大陸學者—大陸專業學者學術出版
五、POD 獨家經銷—數位產製的代發行書籍

BOD 秀威網路書店：www.showwe.com.tw
政府出版品網路書店：www.govbooks.com.tw

永不絕版的故事・自己寫・永不休止的音符・自己唱